Ancrées dans le Nouvel-Ontario, les Éditions Prise de parole appuient les auteurs et les créateurs d'expression et de culture françaises au Canada, en privilégiant des œuvres de facture contemporaine.
La Bibliothèque canadienne-française a pour objectif de rendre disponibles des œuvres importantes de la littérature canadienne-française à un coût modique.

Éditions Prise de parole
C.P. 550, Sudbury (Ontario)
Canada P3E 4R2
www.prisedeparole.ca

Nous reconnaissons l'aide financière du gouvernement du Canada par l'entremise du Fonds du livre du Canada (FLC) et du programme Développement des communautés de langue officielle de Patrimoine canadien, ainsi que du Conseil des Arts du Canada, pour nos activités d'édition. La maison d'édition remercie le Conseil des Arts de l'Ontario et la Ville du Grand Sudbury de leur appui financier.

Canada

Variations en B & K

suivi de

Tending Towards the Horizontal

suivi de

La beauté de l'affaire

suivi de

La vraie vie

De la même auteure

1953. Chronique d'une naissance annoncée, coll. « BCF », Sudbury, Éditions Prise de parole, 2014 [1995].

Sans jamais parler du vent suivi de *Film d'amour et de dépendance* suivi de *Histoire de la maison qui brûle*, coll. « BCF », Sudbury, Éditions Prise de parole, 2013 [1983, 1984, 1985].

Pour sûr, coll « Boréal compact », Montréal, Éditions du Boréal, 2013 [2011], prix Champlain, prix du Gouverneur général, prix Éloizes, prix Antonine-Maillet-Acadie Vie.

Petites difficultés d'existence, Montréal, Éditions du Boréal, 2002.

Un fin passage, Montréal, Éditions du Boréal, 2001.

Pas pire, coll. « Boréal compact », Montréal, Éditions du Boréal, 2002 [1998].

La vraie vie, Montréal, Éditions de l'Hexagone, 1993.

La beauté de l'affaire, Moncton, Éditions d'Acadie, 1991, épuisé.

Avec Hélène Harbec, *L'été avant la mort*, Montréal, Éditions du remue-ménage, 1986.

Variations en B et K, Montréal, Éditions La Nouvelle Barre du jour, 1985, épuisé.

Histoire de la maison qui brûle, Moncton, Éditions d'Acadie, 1985, épuisé ; voir nouvelle édition 2013.

Film d'amour et de dépendance, Moncton, Éditions d'Acadie, 1984, épuisé ; voir nouvelle édition 2013.

Sans jamais parler du vent, Moncton, Éditions d'Acadie, 1983, épuisé ; voir nouvelle édition 2013.

France Daigle

Variations en B & K

suivi de

Tending Towards the Horizontal

suivi de

La beauté de l'affaire

suivi de

La vraie vie

Trois romans
et un récit

Bibliothèque canadienne-française
Éditions Prise de parole
Sudbury 2016

Œuvre en première de couverture et conception de la couverture :
Olivier Lasser

Imprimé au Canada.

Diffusion au Canada : Dimedia

Catalogage avant publication de Bibliothèque et Archives Canada
Daigle, France [Romans. Extraits]
Variations en B & K ; suivi de La beauté de l'affaire ; suivi de La vraie vie / France Daigle.
(Bibliothèque canadienne-française)
Publié en format imprimé (s) et électronique(s).
ISBN 978-2-89423-297-2. – ISBN 978-2-89423-713-7 (pdf). –
ISBN 978-2-89423-864-6 (epub)
I. Daigle, France. Variations en B & K. II. Daigle, France. Beauté de l'affaire. III. Daigle, France. Vraie vie. IV. Titre. V. Collection : Bibliothèque canadienne-française (Sudbury, Ont.)
PS8557.A423A6 2016 C843'.54 C2016-901773-7
C2016-901774-5

ISBN 978-2-89423-297-2 (Papier)
ISBN 978-2-89423-713-7 (PDF)
ISBN 978-2-89423-864-6 (ePub)

Préface
« Soudain, elle eut envie d'un très grand espace »

Aborder les premiers textes de France Daigle peut être une expérience déroutante. À l'encontre de ses romans postmodernes plus récents et maintes fois primés, les ouvrages de la première période créatrice de l'auteure s'inscrivent tous au courant moderne, voire expérimental, en littérature acadienne, courant aux multiples effets de sens si l'on sait en déchiffrer les signes. Et pourtant, *Variations en B et K*, *La beauté de l'affaire* et *La vraie vie*, rassemblés dans cette réédition, travaillent des noyaux thématiques semblables aux livres plus connus de Daigle, *Pas pire*, *Un fin passage* et *Petites difficultés d'existence*. À leur centre se trouvent les mêmes notions : l'espace et le voyage ainsi qu'une réflexion soutenue sur les questions du soi, d'autrui et de la langue. En effet, les premiers livres de Daigle révèlent les préoccupations scripturales de l'œuvre à venir. Caractérisés par un formalisme ludique et pleinement assumé, ils recèlent déjà tout ce qui se déploiera magistralement dans sa fiction la plus récente, *Pour sûr*.

Tout d'abord se fait remarquer son intérêt pour l'espace concret de la page. Depuis son premier roman, *Sans jamais parler du vent*, jusqu'à *La beauté de l'affaire* (source de la citation mise en exergue), Daigle joue avec la disposition graphique du texte sur la page, procédé typique en poésie mais inhabituel en prose. Les fragments textuels se trouvent soit au bas de la page, le haut restant blanc (*Sans jamais parler du vent*, 1983), soit vers le haut de la page (*Film d'amour et de dépendance*, 1984), soit ils se situent respectivement en haut de la page gauche et en bas de la page droite qui suit (*Histoire de la maison qui brûle*, 1985). Dans *Variations en B et K. Plans, devis et contrat pour l'infrastructure d'un pont* (1985), Daigle poursuit encore plus radicalement cette exploration insolite de l'espace typographique : les notations textuelles, toutes en italique, sont disposées en haut et en bas des pages, quelques mots et titres étant en gras. Et puisque certains fragments sont très brefs, il reste beaucoup d'espace blanc, surtout parce que les entrées en bas sont imprimées en caractères minuscules. Souvent, ces notes en bas de page ressemblent à des entrées dans un dictionnaire ou à des descriptions d'une photo et de son emplacement sur la page, le haut des pages étant réservé à la mince trame d'un microrécit. Comme celui-ci n'a aucun rapport évident avec les photos évoquées en bas, *Variations en B et K* offre maintes pistes de lecture à celles qui aiment déficeler des fils narratifs embrouillés et à ceux qui se plaisent à regarder défiler les images kaléidoscopiques que présente le texte sans jamais les reproduire.

Dans *La beauté de l'affaire. Fiction autobiographique à plusieurs voix sur son rapport tortueux au langage*, les jeux de mise en page continuent tout en se clarifiant. Les éléments purement graphiques tels l'italique et les caractères gras disparaissent pour céder la place à trois trames narratives distinctes : l'une se situe en bas, sur la page de gauche, les deux autres prennent leur place respective en haut et en bas de la page de droite. L'édition originale, limitée à un tirage de 444 exemplaires, est un vrai bijou pour bibliophiles : la couverture est en beau papier Irish Linen vert forêt et le « B » du titre est rehaussé d'or.

Après avoir exploité toutes ces contraintes typographiques, Daigle semble avoir assouvi son obsession de la page partiellement blanche. Elle commence alors à s'approcher de plus en plus du roman proprement dit sans pour autant abandonner la recherche formelle. Dans *La vraie vie* (1993), les histoires des protagonistes s'entrecroisent sur la base d'une structure numérique : cinq chapitres comprennent chacun deux parties englobant 10 fragments, numérotés de façon suivie, si bien que le total se compose de 100 fragments (5x2x10 ou 10^2). Cette contrainte numérique sera aussi employée plus tard dans *Pas pire*, régi par le nombre 122. Elle trouvera son apogée dans *Pour sûr*, bâti sur 123 : l'ensemble du roman, constitué de 1728 fragments, comprend 144 trames narratives réparties sur 12 chapitres. Une telle prouesse formelle et narrative serait inimaginable sans travail préparatif considérable, travail qu'a effectué Daigle lors de sa première période créatrice, de 1983 à 1993. Trois de ces ouvrages sont réunis ici. Mais ce ne sont pas les seules pratiques formelles qui caractérisent les textes de la présente réédition.

Variations en B et K

Puisque les deux premiers livres de Daigle, *Sans jamais*

parler du vent et *Film d'amour et de dépendance*, furent chaleureusement accueillis par la critique, la revue littéraire québécoise d'avant-garde *La nouvelle barre du jour* commanda à l'écrivaine un texte pour publication dans sa série Auteur/e. Travaillant à l'époque sur son troisième roman, *Histoire de la maison qui brûle*, Daigle écrit alors pour la revue *Variations en B et K*, ouvrage hybride qui établit un « pont » entre divers domaines habituellement distincts dont la musique et la construction matérielle concrète – celle de ponts, de barrages, de maisons, de villes. La musicalité signalée dans le titre ressort des sonorités d'innombrables mots juxtaposés commençant par B ou K ou incluant l'une des deux lettres. Leur suite compose un motif musical sous-tendu par une listique que Benoit Doyon-Gosselin a relevée dans son livre sur Léveillé et Daigle (2012). Beaucoup d'autres composantes s'ajoutent à cet élément musical, si bien que le narrateur, feignant la détresse, s'écrie : « Plusieurs histoires voudraient se rejoindre ici. [...] Peut-être même trop d'histoires, il pourrait y avoir confusion. C'est une possibilité, sinon un danger. » Quelles sont alors ces histoires ?

La trame narrative principale est fondée sur un couple de deux femmes avec leurs deux filles qui font du camping au parc Kouchibouguac dans le comté de Kent en Acadie. Aussi importante que cette histoire est un autre fil conducteur, le monde de l'Autre, dont les éléments sont éparpillés dans le texte entier. Constitués d'entrées de dictionnaire et de descriptions de photos, ces éléments évoquent des pays étrangers et leurs habitants : leurs modes de vie (sédentaire ou nomade), leurs pratiques spirituelles (les koan et kensho du bouddhisme zen), leurs habitations et leurs villes (Babylone, Bagdad, Beyrouth, etc.) ainsi que diverses régions du Proche-Orient (Khabour, Kermânshâh, le Koweit, etc.). Et lorsqu'on y regarde de près, il se révèle que le monde du soi, de la petite famille en Acadie, n'est pas radicalement différent du monde de l'Autre. Tous les éléments qui semblent se côtoyer de façon arbitraire convergent vers quelques réalités déterminant tout peuple, tout pays, toute culture. Chacun a besoin d'un espace habitable, peu importe s'il s'agit des « maison[s] de poil » des Bédouins, des maisons de roseaux de Bassorah, ou de la tente montée au parc Kouchibouguac. L'ici acadien et l'ailleurs lointain ont bien des parallèles en commun, leur altérité n'est pas absolue : bon nombre de Bédouins, peuple nomade par excellence, ont fini par se fixer et « vivent [...] sur des réserves [où ils] pratiquent l'agriculture, conduisent même des tracteurs », tout comme les anciens résidents acadiens du parc qui, expropriés et loin de l'eau, ont abandonné la pêche et éprouvent une « grande difficulté d'intégration dans les villages environnants depuis longtemps établis ». Dans *Variations en B et K*, ces rapprochements entre histoire(s), peuples et leurs bâtisses se font de manière légère et souvent pleine d'humour. Toutefois, d'un point de vue rétrospectif que certains qualifieraient probablement d'anachronique, le texte s'avère d'une étonnante actualité.

De nos jours, le contact des cultures avoisinantes du Proche-Orient est marqué du sceau de la violence : les conflits immémoriaux de ces pays – leurs différentes croyances et sectes religieuses, leurs pratiques ethniques et socioculturelles divergentes, leurs intérêts économiques focalisés sur l'accès au pétrole (ou à l'eau) – éclatent de nouveau, forçant des millions de réfugiés à abandonner leurs villes et leurs pays pour s'enfuir ailleurs dans l'espoir de trouver la paix, un espace habitable, une maison en sécurité. Certains parmi eux vont jusqu'à Toronto, Vancouver, Montréal et même Moncton où ils espèrent pouvoir rebâtir leur vie. Quant à l'Acadie, Kouchibouguac est aujourd'hui un lieu de mémoire : le souvenir de l'expropriation violente, commencée en 1969 en vue de la création du parc, est gardé vivant par les Roméo Savoie, Herménégilde Chiasson, Marcel-Romain Thériault, Dyane Léger et Emma Haché, qui ont créé des œuvres poétiques ou dramatiques rappelant cette époque. Dans *Variations en B et K*, l'expropriation est seulement un parmi les nombreux sujets dont aucun ne cherche à se développer en un commentaire socioculturel soutenu. Au contraire, ici rien n'est jamais fixe ni stable, tout est en fluidité constante : « Comme la culture, l'outil (l'œuvre) devait être flexible, modifiable, évolutif et non fini. » Voilà donc un texte où s'entrecroisent librement, voire ludiquement, les fils narratifs, musicaux, iconographiques, techniques et savants. Mais on serait aveugle de ne pas voir, à la lumière de l'actualité politique, une dimension inattendue que l'Histoire et le hasard ont ajoutée à ce pont interculturel qu'est devenu *Variations en B et K*.

La beauté de l'affaire

Dans *La beauté de l'affaire*, la mise en parallèle de la création littéraire et de la construction d'objets tangibles se cristallise davantage, mais le choix des motifs se resserre considérablement. Plusieurs personnages s'appliquent à la création au sens large. L'architecte accompagné de sa femme cherche à l'église – « la maison du Seigneur » – l'inspiration pour des maisons encore « plus parfaites ». Ailleurs, un homme « s'en [va] dans une île bâtir une clôture ». Dans une ville se trouve le chantier d'un parc qui « transformer[a] un des terrains vagues du centre-ville en un espace vert » aménagé par des « écrivains acadiens » dont le travail physique « leur rafraîchir[a] les idées, tout en mettant en peu d'argent dans leurs poches ». Enfin, la figure de la scriptrice, avatar de Daigle elle-même, s'amuse avec « ce jeu d'assemblage et de construction » qu'est le travail avec les mots. Tous ces personnages se définissent par rapport à leur espace et se préoccupent d'une seule chose : faire avancer leurs projets, que ce soit dans l'espace clos de l'église, l'espace naturel et inhabité d'une île, l'espace urbain de la ville ou l'espace abstrait de l'écriture. Deux axes déterminent cette dernière, l'autoréflexivité et l'intertextualité. Ainsi la scriptrice lutte-t-elle avec la « barrière des mots, œuvre de clôture », qui ressemble à la clôture que l'homme érige sur l'île. À « l'évocation » de l'une correspond « la vocation réelle de la clôture » de l'autre. Et lorsque l'homme meurt au moment de la traversée vers l'île puisque son bateau coule, la scriptrice se sent menacée par les « trous du langage, là où on se noie ». Elle connaît d'ailleurs aussi bien les dangers que la beauté des mots. Elle sait que la création comprend tout, le dit et le non-dit, les mots, leurs trous ainsi que le silence « qui fait déjà partie du langage ». De plus, elle avoue que son écriture est redevable à celle d'autres écrivains, ce qu'elle appelle « sa dette à Duras ». Mentionnant explicitement *India Song* et *La vie matérielle* de Duras, Daigle entremêle ses lectures et des éléments de sa propre vie à cette « fiction autobiographique » qu'est *La beauté de l'affaire*, et la critique n'a pas manqué de relever les nombreux liens intertextuels entre certains livres de Duras et les écrits relevant de la première période créatrice de Daigle (Boudreau 2013, Boehringer 2012). Cette dernière continuera d'ailleurs à exploiter l'autofiction dans des textes plus élaborés tels que *1953. Chronique d'une naissance annoncée* et *Pas pire*, mais avant, il lui reste la tâche d'inventer de « vrais » personnages. Car ceux de ses cinq premiers ouvrages sont tous des figurants minimalistes sans nom propre auxquels il manque la chair romanesque. Au lieu de continuer à jouer avec des mots et des fragments textuels, l'auteure fait le pas vers le monde de la fiction proprement dit. Soulignant la toute-puissance du Créateur, elle termine *La beauté de l'affaire* sur une citation biblique : « Et le verbe s'est fait chair, et il a habité parmi nous. » Des personnages daigliens en chair et en os qui vivent parmi nous, on les trouvera dans *La vraie vie*, et l'espace où ils évoluent sera désormais nommé : il s'appelle Moncton, Montréal et Rome, et certains personnages traversent même les grands espaces de l'Amérique, de l'Europe et de l'Asie.

La vraie vie

Œuvre de transition vers la prédominante matière acadienne de ses futurs romans, *La vraie vie* est peuplé de six personnages en quelque sorte dépaysés, car ils ont échoué à l'endroit qu'ils habitent plus ou moins par hasard. Denis, l'homme qui tourne des vidéos pour chiens, songe à un projet de film pour êtres humains qu'il réalisera à l'aide des autres personnages. Habitant à Moncton, il est le seul à ne pas avoir quitté son Acadie natale. Sa sœur Denise vit avec sa famille à Montréal où elle conduit un taxi. Elle fera visiter la ville à un Européen « de belle allure », Rodriguez, en escale entre la Californie et Rome où il retrouvera son amante, Alida, grande amatrice de livres de photographies qui, souffrant d'une maladie mystérieuse, refuse tout traitement. Claude, d'origine française, et Élizabeth, venue de Montréal à Moncton pour son travail, forment un dernier « couple » : dans leurs métiers respectifs, la massothérapie et l'oncologie, ils se consacrent aux soins du corps. Mais les personnages ne forment pas que des doubles ; au fur et à mesure que leurs rencontres se multiplient et que quelques personnages secondaires s'y ajoutent, il se tisse de nombreux liens entre eux. Dès lors, divers axes thématiques se développent : la vie et la mort, la maladie, l'importance relative des origines, l'identité, le genre sexuel et sa fluidité, l'art moderne et, en particulier, l'art de faire un film[1] – mise en abyme de l'acte de l'écriture. Aux lecteurs avertis, un autre fait curieux ne saura échapper : Moncton, cette ville un peu quelconque en 1993 et littéralement située à la périphérie du Canada, prend un statut de plus en plus important tout au long du livre. Endroit où Denis réalisera son film (et Daigle son roman), la ville – insignifiante sur le plan référentiel – se transforme en un espace vital, rôle que Daigle approfondira considérablement dans ses futurs romans. En effet, Moncton prend l'allure d'une petite capitale culturelle qui permet aux personnages de

---

[1] L'intérêt de Daigle pour le cinéma est bien connu. En témoignent ses collaborations avec des cinéastes, notamment le texte qu'elle écrit pour le film de Barbara Sternberg, *Tending Towards the Horizontal* (1988), ou sa collaboration au documentaire de Renée Blanchar, *Les héritiers du club* (2014), ou encore ses propres scénarios inédits, déposés à Bibliothèque et Archives Canada.

s'épanouir, de réfléchir sur l'art et d'envisager de nouveaux projets. À l'oncologue Élizabeth, par exemple, elle permet de découvrir des parallèles entre les racines d'arbres contournant des obstacles et la persévérance des Acadiens face à leur dispersion. Frappée soudainement par le « mot métastase, du terme grec metastasis, [qui] signifie justement changement de place », Élizabeth se demande si l'on ne peut pas trouver un moyen pour transposer la résistance collective des Acadiens aux fins de guérison d'un cancer, maladie dont elle aperçoit aussi des liens surprenants avec l'art moderne de Duchamp, De Chirico, Kandinsky et Magritte. Peut-on alors s'étonner que ce monde fictionnel où un domaine sert de métaphore, voire de mise en abyme, à un autre, où une image glisse vers la suivante comme dans un fondu-enchaîné, devienne à son tour matrice d'un nouveau projet artistique ? En 2014, au Festival international du cinéma francophone en Acadie, *La vraie vie* connaît une seconde vie : à l'affiche, la première mondiale du long métrage *Effractions*, basé sur le livre de Daigle, que le cinéaste Jean-Marc Larivière a porté à l'écran. N'ayant pas nécessairement accès au film de Larivière, les lecteurs et lectrices n'ont qu'à créer leurs propres scènes de *La vraie vie*, roman ancré à Moncton, ville-phare de l'imaginaire de France Daigle.

Monika Boehringer
Professeure émérite
Université Mount Allison

Variations en B et K

Plans, devis et contrat pour
l'infrastructure d'un pont

Bruit d'une branche qui casse, un ouvrage de maçonnerie rudimentaire. (Dans le désert la pierre est un matériau de construction précieux.) Inlassablement je contemple le petit feu tandis que derrière moi une femme va et vient tranquillement entre une table à pique-nique, une tente et une auto. Elle fait du rangement. Les casseroles qui se cognent doucement les unes contre les autres dans la boîte qu'elle transporte maintenant. D'ailleurs Beaubourg et nos structures visibles.

Nos structures visibles. Chaises pliantes, sac à eau, piquets et cordes de tension de la tente. Plus bas, plan d'assemblement des poutrelles d'acier Krupp. Comme la culture, l'outil (l'œuvre) devait être flexible, modifiable, évolutif et non fini.

Parfois l'impression de se trouver ici en camping comme à la queue d'une éprouvante campagne de modernisation qui aurait pu s'intituler **du stress pour tout le monde.** On ne sait toujours pas si des résidents récalcitrants résistent encore aux ordres de céder leurs terres, donc toujours un peu la crainte d'être surprises par des coups de fusil ou quelque assaut du genre. Se méfier des coins trop reculés.

Pour les Bédouins, seuls les ennemis approchent un campement par l'arrière. Aussi, arriver du côté gauche équivaut à un manque total de courtoisie car c'est de ce côté qu'habitent les femmes. Somme toute il est préférable, une fois en vue du campement, de descendre de sa monture et d'attendre qu'on vienne vous chercher. (Dans le désert l'hospitalité est règle immuable et l'étranger peut se sentir absolument en sécurité.) Remarquez le **kuffyeh,** typiquement arabe, qui sert de protection contre le soleil et le vent de sable.

Plusieurs histoires voudraient se rejoindre ici. (Les Arabes enlevèrent la Crête aux Byzantins en l'an 823 de notre ère.) Peut-être même trop d'histoires, il pourrait y avoir confusion. C'est une possibilité, sinon un danger. Par exemple, la polychromie des maisons alignées le long des routes menant au parc. Nombre de familles expropriées ont préféré se rétablir le plus près possible de leurs anciennes terres.

Koan et kensho. Ci-haut, Kazantzakis méditant le fait qu'il ne pouvait supporter de voir se gaspiller le feu, le sel et l'eau, ces trois denrées essentielles du désert. Ses origines bédouines. (Les Arabes enlevèrent la Crête aux Byzantins en l'an 823 de notre ère.) En bas à gauche, l'idéogramme kon signifiant racine ; à droite, l'idéogramme ku, c'est-à-dire vide d'où peuvent naître les transformations infinies. On sait par ailleurs que l'idéogramme chinois exprimant le mot crise (du grec krisis, ou décision) naît de la jonction de l'idéogramme signifiant danger et de celui signifiant chance, occasion favorable.

Nous sommes ici avec nos deux filles. L'aînée sort présentement de la tente, marche vers moi d'un pas décidé, me dévisage un moment et demande enfin si je remarque quelque chose. Je pense au concept de personnalité de base de Kardiner. Je vois bien sûr que ses yeux sont enduits de khôl, et je pense encore au concept de personnalité de base de Kardiner. Elle demande aussi quand est-ce que nous irons à la plage. En 1967 le développement de l'industrie touristique du comté de Kent dépendait beaucoup de l'aménagement de nouvelles plages.

De nombreuses coupures de journaux témoignent de l'ambiance générale de prospérité que connut le comté de Kent au début des années 70. À Bouctouche notamment, constitution d'un comité de promotion de l'huître et rédaction d'un mémoire en vue de doter le comté des services d'une bibliothèque régionale. On lisait aussi des brochures du genre **Le bonheur d'être un arbre,** et on affirmait de part et d'autre que l'agriculture pouvait être sauvée. Ci-haut le port de Khor Kaliya au Bahrein, archipel jadis peuplé de plongeurs (huîtres perlières) et de navigateurs. En bas, la dévastation progressive des forêts de cèdres du Liban.

La femme derrière moi siffle un oiseau. Apparemment que chez les Kurdes aussi la femme jouit d'une grande liberté.

Éleveurs de chameaux, animal robuste qui peut rester trois jours sans boire, on appelle Chammars ces Bédouins qui nomadisent depuis Mossoul jusqu'au Nedjed, avec marché chamelier à Boureida. Ci-contre, ne pratiquant plus la chasse (chevreuils, outardes), et la pêche étant devenue bureaucratique avec papiers à signer et tout, nombre d'anciens de Kouchibougouac vivent aujourd'hui dans des villages où ils regardent passer les autos, s'ennuient de l'eau.

L'oiseau lui répond.

Les **forces ténébreuses** du terrorisme. Kemal Atatürk, entre autres, pratiqua en Turquie une politique d'assimilation forcée des Kurdes. Ceci correspondait en gros à une interdiction de publier dans leur langue nationale, déportations de populations, massacres et incendies de villages. Il interdit aussi le port du turban (ci-haut). Plus près de nous, en mars 1985 précisément, trois Arméniens (deux Syriens et un Libanais) effectuaient une tentative de prise d'otages à l'ambassade turque d'Ottawa. Il s'agissait d'un règlement de compte pour atrocités commises au-delà de 70 années passées. L'ambassadeur Kirca fut blessé et un gardien nommé Brunelle fut tué. L'ambassade (ci-contre) servait aussi de lieu de résidence, c'est-à-dire de maison, pour la famille Kirca.

Bien sûr que nos filles sont adorables. (Dans le désert nos qualités d'observation s'affinent.) L'aînée aime et comprend les animaux, surtout les chevaux, les chiens, les chats, les cochons d'Inde, les lapins, les chevreuils, les écureuils, les chenilles, les coccinelles et les rats. Quant à la plus jeune, elle raffole des labyrinthes.

Dessin de la petite. Au centre, en vert et rose, un Esquimau accroupi de froid dans la tempête.

Presque un moment sans rien, puis un couple d'une soixantaine d'années passe à côté sur le petit sentier de bois. Elle parle toujours sur le même ton, dit qu'elle ne dort plus depuis que le parc est commencé, qu'elle n'a plus d'aide des voisins. Elle a été obligée de faire tuer son chien. Elle lève un peu le regard, dit encore que les touristes venaient beaucoup avant, qu'on les emmenait faire du bateau. Elle dit que les touristes et les gens étaient des amis avant. Avant. Le mot résonne, court comme un frisson dans les arbres.

En 1953 (voir **Histoire de la maison qui brûle*** où le temps n'est qu'un symbole), on comptait en Israël 227 kibboutzim exploitant une superficie de 150 000 hectares. À 23 h tous leurs habitants étaient au repos sauf ceux qui montaient la garde contre les Arabes incendiaires et les coupeurs d'arbres. Ci-contre, la chèvre nomade (en haut) versus la chèvre blanche domestique (en bas) qui broute l'herbe au lieu de l'arracher.

Lui renchérit qu'il n'avait rien connu d'autre, qu'il avait toujours rêvé de faire mieux que ses ancêtres mais qu'il n'y arrivera pas. Même les chats se sentent à l'étrange. Il dit qu'il vit sur le bien-être social, que sa fille va faire encore plus pitié que lui, qu'il ne sait pas comment dire cela en bon français.

Il y eut un temps où le Tigre, l'Euphrate et le Karoun formaient chacun un delta distinct se jetant dans le golfe Persique. Aujourd'hui le Tigre et l'Euphrate se rejoignent aux environs de Bassorah où ils forment le Chatt-el-Arab (voir papeterie* utilisant les roseaux du Chatt-el-Arab), plaine marécageuse qui reçoit à son tour le Karoun venu d'Iran avant de **rouler ses eaux** dans le golfe Persique.

Équipées de leur volumineux nécessaire à jouer dans le sable, les filles ont décidé de partir à pied pour la plage. Elles savent cependant qu'elles doivent nous attendre avant de se baigner car il n'y a pas longtemps qu'elles ont mangé. Nous ne sommes pas toujours tranquilles de les laisser partir seules depuis que les enfants se font de plus en plus kidnapper en camping, ce qui n'est pas très agréable ni pour les enfants ni pour les parents.

Mais ce n'est pas tant l'Euphrate qui nous intéresse ici que le fait qu'il passe à Biredjik en Turquie et qu'il se grossit du Balikh et du Khabour en Syrie avant de pénétrer en Irak. Il sera aussi question du pipeline de Kirkouk, qui traverse la Syrie pour aboutir à Tripoli, au Liban. Au moment de l'évaluation des propriétés, tous les plants de rhubarbe (en haut à gauche) n'auraient pas été pris en considération, et non plus les étendues de pommes de pré (en haut à droite), de bleuets (en bas à gauche) et de plaquebières (en bas à droite). La rhubarbe est d'ailleurs considérée racine barbare.

Il n'est pas facile, au simple regard, de comprendre comment on a pu délimiter les frontières de ce parc. Le paysage semble se suivre normalement, sans présenter de rupture évidente. À moins qu'il ne s'agissait de réorganiser les populations locales, ou de protéger l'environnement. (Le désert parfait est réalisé en Arabie.)

Pour la plupart, les tentes des Bédouins sont noires et tissées de poil de chèvre. En arabe on les appelle d'ailleurs **beitshar,** ou maison de poil. On peut acheter ce matériau au marché bédouin de Beersheba qui a lieu très tôt les jeudis matin.

D'Hélène Keiser (l'épouse de Kazantzakis aussi s'appelait Hélène), un album de textes et photos intitulé **Arabia** se trouve à la bibliothèque Champlain de l'Université de Moncton (cote DS-49.7-K47-1971-162363). Personne ne s'est encore minutieusement appliqué à rayer de ce volume toute mention de l'État d'Israël, comme ce fut le cas pour DS-44.5-P.7-Champ. Ci-contre, l'archéologue Robert Koldewey, spécialiste de la tour de Babel. Il reconstruisit à Berlin la célèbre porte d'Ishtar (en bas), qui faisait partie des remparts de Babylone. La tour de Babel est aujourd'hui un site de pâturage pour chameaux.

Qu'un livre commence en même temps à la plage Kelley et au feuillet K d'un cahier de recettes paginé selon l'ordre alphabétique. Quelque temps plus tard, entreprendre un remaniement ultérieur de l'ouvrage à l'endos du testament de Beethoven, notes de cours qu'avait distribuées le professeur de musique.

En noir et blanc, le fameux Bösendorfer sur lequel le pianiste de concert, également en noir et blanc, interpréta la Sonate, opus 2 n° 3 en Do Majeur, de Beethoven. Dans la rangée K, un homme aux lunettes genre hibou accompagné de deux femmes style bonbon. L'harmonie parfaite de deux mains s'empressant sur le clavier couru pour son octave en plus et sa résonance hors pair, mettons.

Parfois ce sont les filles qui nous font attendre, parfois c'est nous qui les faisons attendre. (Dans le désert il n'y a rien, l'organisation aussi est invisible.) Le temps comme une sorte d'épaisseur. Être la seule à entendre siler la chenille de bois.

En haut, flacon de parfum **l'Air du temps** de Nina Ricci. Gratter et sentir. Plus bas, à Bagil ou à Khanis par exemple, mâcher cérémonieusement des feuilles de kat fraîchement cueillies, tout en faisant le moins de mouvement possible.

Il existe en fait deux types de surdité: la surdité de transmission (lésion de l'oreille externe ou moyenne) et la surdité de perception (lésion de l'oreille interne ou des voies nerveuses centrales). Ces deux formes se combinent souvent pour réaliser des surdités mixtes. En cas de lésion cochléaire, l'oreille atteinte perçoit mieux que l'oreille saine les sons en présence d'une forte intensité sonore. Ci-contre, planche de l'oreille interne laissant voir les canaux semi-circulaires, le limaçon et le huitième nerf crânien, c'est-à-dire le nerf auditif ou acoustique. Ce nerf est en fait formé par la juxtaposition de deux nerfs: le nerf cochléaire (nerf de l'audition) et le nerf vertibulaire (nerf de l'équilibre). (Voir aussi canaux semi-circulaires*.) En contrebas, appareil auditif Beltone®.

La femme derrière moi vient de jeter quelques déchets de papier dans le feu. Elle sait que je suis en train d'écrire. Je lis les ingrédients sur la boîte de Spécial K que le feu commence à ronger au coin inférieur droit : riz, gluten de blé, sucre, germe de blé dégraissé, lait écrémé en poudre ou concentré protéique de lactosérum, ou les deux, sel, malt (farine de maïs, orge malté), chlorhydrate de thiamine, niacinamide, chlorhydrate d-pantothenate de calcium, fer réduit, B.H.T.

Pour les anciens résidents, grande difficulté d'intégration dans les villages environnants depuis longtemps établis. La région du Khabour (ci-haut) fut d'ailleurs peuplée par des Assyriens chrétiens fuyant les Arabes d'Irak et par des Kurdes et des chrétiens fuyant la Turquie. On s'efforçait alors de cultiver les céréales (ci-contre), sinon il aurait fallu tout importer.

Dans une tente voisine on allume une radio. (Le Bahrein, lui, reçoit la radio de Moscou.) Le commentateur y parle de la maison de l'avenir. À nouveau ce lancinement dans mon oreille. Plus loin encore, les flûtes et les chants des bergers.

Peuplée en majorité de Kurdes, la zone de Kermânshâh est également une riche région agricole. Ci-contre, quelques beaux spécimens de chevaux (beaucoup plus rapides que les chameaux) dont se servaient les Bédouins pour leurs célèbres expéditions de pillage. Ils volaient, entre autres, les réserves de grain de l'Arabie **verte et heureuse**.

Pétrodollars (ci-contre, émissions datant du début des années 60). Avant la découverte du pétrole on pouvait évaluer la force de l'économie au nombre de tonnes de ciment produites en une année. Des filatures aussi, des tissages de coton et de laine, des usines de margarine et des savonneries. En Irak, les pétrodollars ont servi à faire construire des ponts sur le Tigre et l'Euphrate ; ces ponts côtoient les pompes d'irrigation et les barrages pour le contrôle des crues. Les crues du Tigre étaient jadis très dangereuses pour Bagdad. Elles sont d'ailleurs plus importantes que celles de l'Euphrate et bien plus importantes encore que celles du Nil.

Le Petit Robert donnait trop peu de renseignements sur l'origine véritable des lettres b et k et je m'en remis donc au *Quillet*. En ce qui concerne le b cette démarche s'avéra fort satisfaisante car on y apprend qu'il nous vient de l'alphabet phénicien où il représentait la maison, c'est-à-dire, pour les modernes, la personnalité.

Les Phéniciens, à qui nous devons l'origine de l'écriture (voir papeterie* utilisant les roseaux du Chatt-el-Arab), ont surtout été des commerçants qui exportaient notamment les cèdres du Liban comme bois de construction. Ils étaient transportés par bateau en Égypte et par caravane en Perse (ci-haut). Ces lointains ancêtres des Libanais exportaient aussi de la main-d'œuvre qualifiée. Ci-contre, vue sur le port de Byblos, une des plus vieilles villes du monde.

Midi, l'heure des mirages.

Mais non, il s'agit effectivement des filles. Elles ont fait demi-tour et sont maintenant revenues aux tentes accompagnées d'une nouvelle petite amie. Elle s'appelle Brigitte, elle a sept ans (n'a pas l'air sûre) mais surtout elle sait faire la roue et le grand écart. La regarder un moment avec admiration.

Le Proche-Orient, que les Anglo-Saxons appellent aussi le Moyen-Orient, comprend l'Égypte et la Turquie de même que la péninsule Arabique et ses dépendances. La péninsule Arabique, qui comprend l'Arabie saoudite (vrai pays des Bédouins chameliers) et les principautés arabes, l'Irak, la Jordanie, la Syrie, le Liban et Israël, doit être considérée comme faisant partie du continent africain. Il ne sera donc pas beaucoup question de l'Iran et seulement de l'Afghanistan dans la mesure où Picasso avait un chien afghan qui s'appelait Kaboul.

De gauche à droite et de haut en bas, le Bichon (maltais ou frisé), le King Charles (ou, à défaut, le Cavalier King Charles à robe blenheim), la famille Basset (Basset-Hound, Basset griffon vendéen, Basset allemand, Basset artésien normand), le Beagle, les Bergers (hollandais, allemand, belges, polonais, anglais, suédois, Kelpie australien, d'Islande, de la Maremme et le Berger-Shetland), le Komondor, le Kouvasz (hongrois ou de Slovaquie), le Bouvier bernois (un des quatre Bouviers suisses) et le Bouvier des Flandres, le Beauceron, le Karabash d'Anatolie, les Bedlington-, Border-, Bull-, Boston-, et Kerry Blue Terrier, le Kron Fuhrländer, le Basenji et le Keeshond, le Buhound norvégien, le Bruno (bernois et du Jura), le Boxer, le Briard et le Braque (allemand et hongrois), le Bouledogue (français), le Border-Collie, le Barzoï, le Bull-Mastiff et le Bloodhound. Dans un autre ordre, le Griffon (bruxellois ou brabançon), l'Épagneul breton et le Saint-Bernard. Tout en bas, Michael Delisle, inventeur de la listique, ce degré zéro de style où apparaissent des mythes nouveaux sous forme de noms étrangers aux sons des langues. Dans le coin opposé, écusson de la compagnie de transport aérien KLM.

Elles sont toujours là. Je n'ai pas tellement envie de jaser alors je continue de jouer avec le feu. L'aînée vient quand même se coller contre moi, puis me dit que mon chandail pue, qu'il sent l'ail. Je réponds qu'il s'agit en effet de mon chandail rebrousse-enfant. Elle trouve cela très drôle et, dans un élan d'affection, se laisse carrément tomber dans mes bras. Ça ne donne jamais rien d'avoir mal aux enfants.

Chameaux ou dromadaires. Les bêtes qu'élèvent les Bédouins sont en réalité des dromadaires, c'est-à-dire un mammifère voisin du chameau, autrement connu sous le nom de méhari. Renommé pour sa vitesse et dressé pour les courses rapides, il se distingue du chameau proprement dit, à deux bosses, également connu sous le nom de chameau d'Asie. La sobriété, l'endurance du chameau.

La plus jeune demande encore à Brigitte de faire la roue, ce qu'elle exécute sans se faire prier. Puis elle annonce subitement qu'elle doit s'en aller et part aussitôt. Les filles la regardent s'éloigner, restent là à poiroter un peu, déplacent du gravier près de la table à pique-nique, découvrent des quatre-saisons au pied du plus gros arbre, en cueillent pour nourrir leurs toutous soigneusement installés au fond de la tente.

Gertrude Bell (ci-haut), fidèle collaboratrice du colonel Lawrence ou Lawrence d'Arabie, opta de rester en Irak malgré la retraite de Lawrence en Angleterre suite à l'écroulement de son rêve. En bas, ceux celles qui encourageaient les révoltes des Kurdes.

À travers les murs de canevas elle crie à la femme derrière moi que lorsqu'elle sera grande elle aura un Karabash d'Anatolie parce qu'il est affectueux, robuste, intelligent, indépendant, fidèle et facile à dresser.

Au Liban, les cèdres qui couvraient jadis toute la montagne ne se trouvent plus qu'en quelques points privilégiés. Ceux de Bcharré ont acquis une renommée mondiale. Les plus beaux (en haut à gauche) mesurent 25 mètres de hauteur et 12 mètres de circonférence à la base. Ils ont certainement plus de mille ans. En haut à droite, le plan d'urbanisme de Beyrouth, s'il a la chance d'être mené à bonne fin. Ci-contre, la première prise de vue réussie de la Terre sainte date très exactement du 11 décembre 1839.

Dans la tente quelqu'une s'amuse maintenant à taper le mât central et il s'en dégage un rythme irrégulier mais étudié, surprenant. Cela dure. L'autre maintenant qui essaye de réussir l'effet contraire.

Les panneaux d'interprétation du parc empruntent les chemins de l'ellipse. Ils n'élaborent ni sur les conditions d'expropriation des terres et non plus sur le syndrome du pommier. Elle avait demandé 50 $ pour ses fleurs (ci-contre) mais on ne les lui a pas accordés.

Des maisons furent brûlées, tirées au dépotoir ou aplanies au bulldozer, avec bocaux de conserve encore dans la cave et tout. On brûla aussi une église, un beau quai neuf, une école toute fournie et un édifice gouvernemental. Passer pour un brûleur de parc.

Ci-haut, Pierre Boulez. De sa détermination à décomposer la matière sonore en ses éléments simples sont nées des œuvres qui ont assuré sa réputation internationale. En bas, une tombe de pierre blanche sur laquelle a été gravé à la main le nom d'Isabelle Bulger. Tout autour poussent de petites fleurs blanches qui ressemblent à des immortelles mais qui n'en sont pas. Par extension, se faire enterrer sans inscription aucune, comme les Bédouins.

On découvrit du pétrole à Kaiyrak le 13 octobre 1927, à 260 mètres de profondeur. Deux jours après à Baba Gourgour, à 476 mètres de profondeur. Le bassin de Kirkouk devint par la suite une forêt de derricks et de torchères. Certaines concessions à des sociétés d'exploitation pétrolière valables jusqu'à l'an 2000. De nombreuses filiales, quelques monopoles. Autrefois (ci-contre), les Bédouins craignaient et honoraient ces feux qui brûlaient librement un peu partout dans le désert. Ils les prenaient pour des apparitions surnaturelles ou des esprits. En bas, la splendide Mosquée bleue d'Istanbul (spectacle son et lumière gratuit en français le mardi à 20 h 30) car **la maison d'Allah est une vraie maison.**

La femme derrière moi s'inquiète. (D'ailleurs la femme bédouine croit à la fatalité.) La tente n'a pas cessé de chanceler depuis qu'elle se trouve mêlée à l'expérimentation musicale qui bat maintenant son plein. L'effet contraire est réussi, les rythmes s'intègrent les uns dans les autres de façon tout à fait inespérée.

Gravure de Khadidja, première des 14 épouses de Mahommet. Riche veuve commerçante, elle organisait des caravanes et avait retenu Mahommet comme homme de confiance avant de lui proposer le mariage. Le couple eut quatre filles. En bas, Bouddha assis sous le figuier papal où il trouva la Vérité après avoir renoncé aux austérités. Cet arbre de Bodh Gaya se dessécha en 1879 mais une de ses branches replantée en terre donna naissance à un autre arbre tout aussi vénérable.

Puis, en février 1938, découverte du puits de Burgan au Koweit (en haut). Au Bahrein, par ailleurs, une concession canadienne avec une direction américaine et du personnel anglais pour 75 pour cent du territoire jusqu'en 1995. (Le Bahrein, lui, reçoit la radio de Moscou.) En Arabie saoudite, découverte des puits de Katif (février 1945) et de Bukka (mai 1947) et, en 1953 (voir **Histoire de la maison qui brûle*** où le temps n'est qu'un symbole), découverte de pétrole dans l'oasis de Bureimi, ce qui provoqua quelques conflits. En bas, toujours au Koweit, clinique spéciale où l'on soigne la tuberculose, maladie particulièrement fréquente chez les Bédouins.

La musique s'est tue et les filles sont maintenant en conversation. La petite commence:

– Bernard veut tuer son frère.

– Comment tu sais?

– Il l'a dit, et il a fait comme ça.

– Qu'est-ce qu'il a fait?

– Comme ça, pour l'étrangler.

– Non non, je veux dire son frère, qu'est-ce qu'il a fait?

– Je ne sais pas.

– Il doit être juste en colère, je ne crois pas qu'il veut vraiment le tuer.

– Oui, il veut vraiment le tuer. Il l'a dit.

Ci-contre, quelques riches Bédouins détenant des parts dans la Saudi Arabia Mining Syndicate.

L'aînée. Hier soir elle voulait aller se plaindre aux gardiens du terrain parce que nos voisins étaient un peu fêtards et bruyants. Elle dit qu'elle aime ça se plaindre et qu'il faut toujours se plaindre quand on a la chance. Nous en avons plutôt profité pour faire une balade nocturne. De nombreux parterres étaient éclairés de petites lanternes chinoises en plastique coloré et beaucoup de familles étaient rassemblées autour de petits feux de bois avec guimauves et tout.

La construction de Bagdad commença avec l'établissement de la dynastie des Abbassides en 762. Peu après, le célèbre prince et khalife Haroun el Rachid fit de sa cour un des lieux les plus raffinés d'Orient. Le soir on se promenait en gondole sur le Tigre, au milieu des illuminations et des chants, et les bazars de la ville étaient bourrés de toutes les richesses du monde. L'apogée culturelle de cette ville au plan circulaire dura jusqu'à l'arrivée des Mongols au 13e siècle.

Dans la tente la conversation se poursuit. C'est encore la petite qui commence :
– Est-ce que ça coûte quelque chose quand on fait partir l'eau de la toilette ?
– Oui, bien sûr. Ça coûte les yeux de la tête.
(Rires.)
– Et, dis, est-ce que ça coûte quelque chose de mettre le doigt dans son nez ?
– Bien sûr, mon enfant. Ça coûte la peau des fesses.
(Elles s'esclaffent.)

Avant que le camion ne remplace le chameau, le nomadisme était avant tout une condition de vie issue de la nécessité de chercher de l'eau suite à un hiver sans pluie, une période de sécheresse ou une source tarie. Ci-haut, les nomades se fixent. Ce phénomène constitue d'ailleurs un des faits sociaux les plus curieux du 20e siècle. Nombre de Bédouins vivent aujourd'hui sur des réserves, pratiquent l'agriculture, conduisent même des tracteurs (ci-contre).

La femme derrière moi s'approche en frictionnant vigoureusement ses mains avec de la lotion hydratante. Elle dit qu'il y aura une éclipse ce soir. Tout ce qui est bon et instructif pour les filles. Je jette une poignée de petites branches humides sur le feu.

Environ 40 millions de palmiers sont cultivés entre Bagdad et Bassorah. L'Irak est d'ailleurs le premier exportateur de dattes au monde. Par contre, les environs de Bassorah sont également signalés pour leurs maisons de roseaux, que l'on construit en quelques heures avec les roseaux géants qui poussent en abondance dans cette région marécageuse (voir papeterie* utilisant les roseaux du Chatt-el-Arab).

Les filles sortent de la tente et viennent vers nous. L'aînée remarque l'épaisse fumée blanche qui monte maintenant du foyer et argumente qu'il ne faut pas se servir du bois mouillé car cela fait trop forcer le feu. Je dis que, quand même, du feu c'est du feu.

Le Déluge, cette réalité au moins locale qui ruina la basse Mésopotamie vers le milieu du 10e millénaire avant notre ère. Ci-contre, le mont Ararat, où se serait échouée l'arche de Noé.

Il est encore question d'aller à la plage. En passant nous prendrons aussi quelques provisions, en plus de faire le plein d'essence et d'acheter d'autre glace.

Faire passer la marchandise par Bouchir plutôt que par Mossoul et Bagdad ou Bassorah. Ci-contre, navire de la British India Steam Navigation Cy qui a longtemps desservi le Koweit sur sa route vers Karachi et Bombay.

Préparer aussi l'appareil photo car on ne sait jamais.

Bodhisattva (qui a atteint un haut niveau de bouddhéité mais qui n'est pas encore un bouddha pleinement illuminé) de l'amour et de la compassion, Kannon était à l'origine de sexe masculin mais devint une figure féminine dans l'imagination populaire japonaise. Ci-haut, avant l'illumination, couper du bois et charrier de l'eau. En bas, après l'illumination, couper du bois et charrier de l'eau.

Je me lève enfin. La femme derrière moi demande à quelle page je suis rendue, dit tout bonnement qu'elle n'aime pas les œuvres didactiques. (Dans le désert règne le vent qui ensevelit temples et palais.)

Quelques notions de protohistoire, c'est-à-dire événements concernant l'humanité immédiatement antérieurs à l'apparition de l'écriture (voir papeterie* utilisant les roseaux du Chatt-el-Arab). Ci-contre, la ville d'Ur qui, selon la Genèse, aurait été la patrie d'Abraham. Voir aussi Karnak*, Louxor*, Memphis*.

Comme par miracle nous sommes à peu près toutes prêtes en même temps. Je jette un dernier coup d'œil sur notre installation en montant dans la voiture. La petite dit que le vert des arbres va bien avec le bleu du ciel.

Ci-haut, construction des premières routes d'accès (voir Kouchibougouac*, plans, devis et contrat pour l'infrastructure d'un pont). En bas à gauche, le chien de Canaan. Originaire d'Israël, il est vif et intelligent et il aime sa maison. Se méfie des étrangers mais ne cherche pas les ennuis. À droite, le chien du Pharaon est le plus ancien chien domestique connu.

Le moteur est en marche, enfoncer encore quelques épingles à linge aux morceaux qui risqueraient de partir au vent. La petite ajoute, comme en pensant tout haut, qu'elle trouve ça fou de l'or noir.

Ci-haut, tableau illustrant l'évolution socio-économique du comté de Kent depuis les débuts jusqu'à nos jours. (L'art abstrait est né en 1910 avec une aquarelle sans titre de Kandinsky.) Encadré, le masque tragique de Beethoven d'A. Bourdelle. Selon Boucourechliev, continue dans son ensemble et en même temps discontinue d'une œuvre à l'autre, l'évolution de Beethoven se poursuit dans tous les domaines selon des chemins irréductibles à la classification stricte. En bas de page, quelques Bédouins fatigués qui, arrivés au terme de leur voyage, ne lèveront plus les piquets de la tente.

Tending Towards the Horizontal

The bird flaps its wings slowly, steadily, relentlessly.
It follows some rectilinear path only it can know.
The bird has been flying like this for an indescribable amount of time.
Slowly, steadily, relentlessly.
The bird keeps time to itself just as it keeps to the one invisible direction of its flight.
Over this vastitude comprised of ocean, sky and horizon all around, the bird keeps to itself.

Cent fois sur le métier remettez votre ouvrage.
Vingt fois sur le métier remettras ton ouvrage.

A figure sits on top of a hill behind a house.
There is a creek at the foot of the hill and there is a railroad on the other side of the creek.
The figure is one of a boy or man.
It sits alone on a bale of hay, looking at the city just a little ways off.
Sometimes a train passes by.
The noise or sound the train actually makes depends upon the direction of the wind.

Jerusalem the Golden. From the summit of the Mount of Olives, the ancient city stretches away. Quiet slopes, unpretentious mounds. Somewhere beyond lies the desert of devastation.

A woman walks amidst the long study tables of a library.
There is no one sitting at these tables.
There seems to be no one else in the library.
Closed books lie about here and there on the long wooden tables.
The woman stops at one of these tables.
She opens a book at any page and starts reading.
The woman then sits down and keeps on reading for a while.
Then, without closing the book, the woman gets up and starts walking again amidst the long tables of the library.

The bird does not stop along the way.
It neither rests nor eats.
Holding its head pointed towards the same invisible direction, the bird ceaselessly flaps its wings in the same regular motion.
The bird does not seem to tire.
Nor does it try to do anything else.
Steadily, relentlessly.

Cent fois sur le métier remettez votre ouvrage.
Vingt fois sur le métier remettras ton ouvrage.

The figure is seen leaving the house and walking to the bale of hay on top of the hill.

It moves as a shadow against the night.
Beyond the creek and the railroad, the numerous lights of the city sprawl and stretch away into the distance.
From where the figure sits, it is not possible to hear the flowing water of the creek.
The figure picks a piece of hay from the bale, brings it to its mouth and holds it between its teeth for awhile.
The creek is very slow and one must get considerably closer in order to hear water trickling by.
Nevertheless, there is an odour of water in the air.

The Pool of Bethesda, where Jesus healed the lame man, was once part of the systems of reservoirs and cisterns that supplied Jerusalem with water. The Well of Souls and the Abyss of Chaos are also connected to Jerusalem's ancient water system. Nearby Mount Ophel, the underground spring of Gihon is connected to the Pool of Siloam.

The woman in the library stops at another table and opens the book lying there.
Again the woman opens the book at any page.
She reads for a few seconds and then she pulls a chair, sits down and reads for another while.
Everything is quiet in the library.
The woman does not care for the books that are on the shelves.
She reads only what others have left behind.

February 26th, 1987

Dear Barbara,

I've taken many notes for our film. The same three images keep recurring to me. One is of a bird flying tirelessly and undistractedly over the ocean. It is completely alone of course, and it feels like it is going to Paris or someplace like that. I don't really know why this bird is on my mind much of the time but I know that this image is a soothing one for me. It is somewhat like my own heart beating, my own pace, my own rectilinear direction… in spite of all appearances.

Because it keeps to itself, the bird is entirely alone
crossing this ocean.
Occasionally a gust of wind.
The consequent ruffling of feathers.
Despite the wind, the bird keeps the same regular
motion.
Steadily, relentlessly.
Occasionally an odour.
The bird knows when to start expecting land.
It knows at exactly what point land will appear.
It also knows the particular aspects of this first
appearance of land.
The bird does not have to wait for land.
Waiting thus keeps it unnecessarily occupied.
The bird does not wait for land because land will
eventually appear on its own.

Cent fois sur le métier remettez votre ouvrage.
Vingt fois sur le métier remettras ton ouvrage.

The figure moves to and from the house and the bale of hay on top of the hill nearby.
Whenever it crosses the yard we hear the ruffle of silence moving around in our chest.
We can only see this figure moving when it is nighttime.
Occasionally a train whistles by.
If the wind comes over the Atlantic from the east, then the sound of the train is more like noise.
If the wind is blowing from the west and moving towards the Atlantic, then the sound of the train is somewhat pleasant, a kind of gentle reminder of time passing by.
When the wind blows from the west, it blows in the figure's back.
If the wind comes from the Atlantic, then the boy or man feels a resistance to something, maybe a resistance to change.

Valleys on three sides: Valley of Kidron, Valley of Tyropoeon, Valley of Gehenna. Jerusalem of the Upper World, Jerusalem of the Heart.

The woman doesn't really care about what she reads.
She just reads.

Everything means something.
She reads out of books others have left lying about.
The woman doesn't want to have to look very far.
Some pages are interesting enough.
The woman pushes another book away, gets up and walks over to another table.
She opens another book at any page and continues her reading.
The woman doesn't move while she reads.
She is absolutely still.
Only her eyes move across the page.
Nothing stirs in the entire library except the woman's eyes.

March 2nd, 1987

Dear Barbara,

It is getting more and more difficult to tell a story. I really don't know how to put these images together. Maybe I'm dying or something. Nor do I understand this ambiguity concerning boy or man. The figure sitting on top of the hill is definitely part of me, but why all this dealing in shadows? Also Jerusalem. Kind of a contradiction here. I feel the old inside me everywhere whereas the new is outside. Whenever I open my eyes I see new. Such is the quality of new. Darkness is old, light is new.

Neither does the bird care to know for how long it has been flying thus.
Ceaselessly the wings, day and night.

Cent fois sur le métier remettez votre ouvrage.
Vingt fois sur le métier remettras ton ouvrage.

Sometimes the back of the boy or man's foot strikes against the bale of hay, but otherwise the figure hardly moves.
In the darkness, sounds become something like sculptures.
They more readily take form.
From where the figure sits, most of these sounds generally move upwards.
Only the whistle of the train passing by travels horizontally in the darkness.

Mount Zion, Mount Scopus, Hill of Evil Counsel, Mount of Offence. Still further beyond, the Judean Hills and the Moab Hills. Down below, the Garden of Gethsemane.

The woman has no strategy.
Whenever she speaks, she always says the same thing.
The words always come from the same exact place in her chest.

She feels it like a sort of round space somewhere near the heart.
The woman knows that she rarely speaks quite from the heart.
Sometimes she tries to move this little ball of space to where her heart is.
Sometimes she succeeds.
Sometimes she actually feels the space where her heart is.
This lasts for a few seconds and then the little ball of space floats away from her heart again.
It comes and sits where the woman always feels her words coming from, somewhere beside the heart.
The more the woman thinks about this the less the woman speaks.
And whenever she speaks, she always says the same thing.
The woman has no strategy.

Tirelessly the bird.
There is a problem however with light never being constant, never being the same.
This grappling with light and with time.
With memory.
For days, but how many days?
For how long will the light stay on in this vast stillness of being?
Slowly, steadily, relentlessly the bird, keeping time to itself.

Cent fois sur le métier remettez votre ouvrage.
Vingt fois sur le métier remettras ton ouvrage.

The figure shoots the piece of hay out of its mouth, picks another one out of the bale and brings it to its mouth.
The figure is sitting on the bale of hay and yet it also seems to be walking back to the house.
This dealing in shadows is like the ruffle of silence inside our chest.

Trodden paths, rock and scentless scrub. Shepherds with their flocks, ancient olive trees. The Jewish cemetery.

Nothing is ever still enough.
In the library, words carefully lift themselves out of books and enter the woman's mind.
But everything is quiet in the library.
Only the woman moves amidst the stillness of books.
Only words enter the stillness of mind.

March 5th, 1987

Dear Barbara,

Why do you suppose the woman reads in all of these books? It is hard to believe she is actually looking for something. She seems vastly more knowledgeable than what the mere fact of reading suggests. She is probably reading from somewhere behind the words, from somewhere behind the pages. I have reasons to believe such a perspective exists. This woman strikes me as being very real. She reminds me of those circles of thought that link us permanently to movement in all directions even though we are immobile. Poetry is such movement within the vast stillness of being. It moves us who cannot be moved. It has all directions whereas we only have intuition of direction. Poetry is irreducible. It cannot be destroyed. It constantly changes form in order to be recognized. Poetry is not simply a matter of words. It is but a specter behind words. It endures longer and dies sooner than any word. For poetry cannot last. It must give way always in order to last forever.

A bird alone crosses an ocean.
Ceaselessly the wings, keeping time rectilinear.
Slowly, steadily, relentlessly.
No incidence of variety nor play.
Only direction.
Not a picture.
Not a film.
Vastitude cannot be framed.
Vastitude keeps time to itself and leaves us devastated, groping for memory and light.

Cent fois sur le métier remettez votre ouvrage.
Vingt fois sur le métier remettras ton ouvrage.

In the darkness a figure detaches itself from a house
and walks a little ways.
There, from the top of a hill, it looks at a city
spreading down and beyond.
At the foot of the hill there is a creek, and on the
other side of the creek there is a railroad.
No trickling of water can be heard from the top of the
hill.
Occasionally a train passes by.
The figure sits on a bale of hay.
A gull flies over the creek.

Quiet slopes, unpretentious mounds. The Pool of Bethesda, where Jesus healed the lame man.

The woman now reads a grammar book.
She already knows all the rules so this reading is
particularly easy.
Somewhere between the words the notion of desire
occurs to her.
But the woman is not generally concerned about
desire.
She is mainly concerned about words leading away
from darkness.
But even so, the woman rarely ventures this far into
thinking.
She usually just wears clothes and reads books other
people have left behind.

The colours of the woman's clothes are all bound together inside of her.

March 9th, 1987

Dear Barbara,

I think your title «Tending Towards the Horizontal» is absolutely superb. I'd like to use it for my next five books. Here is the text I could come up with for the film. If it is not long enough you can just use it over again starting at the beginning. I think it can stand the repetition. Hope to hear from you shortly,

France

The bird flaps its wings slowly, steadily, relentlessly.
It follows some rectilinear path only it can know.
The bird has been flying like this for an indescribable amount of time.
Slowly, steadily, relentlessly.
The bird keeps time to itself just as it keeps to the one invisible direction of its flight.
Over this vastitude comprised of ocean, sky and horizon all around, the bird keeps to itself.

Cent fois sur le métier remettez votre ouvrage.
Vingt fois sur le métier remettras ton ouvrage.

La beauté de l'affaire

Fiction autobiographique à plusieurs voix
sur son rapport tortueux au langage

L'architecte prie. À genoux dans l'église de pierre qui s'étend loin par-devant et par-dessus lui, il incline légèrement la tête, ses yeux baissés fixant un point en deçà de ses mains jointes. L'architecte prie le Grand Bâtisseur. Il demande au Grand Bâtisseur de lui indiquer la voie de maisons à construire qui soient plus parfaites encore.

L'Église est la maison du Seigneur.

Il n'y a pas de nouvelle matière, seulement une sorte de mémoire qui nous pousse vers l'avant.

À côté de l'architecte, assise, une femme raide, presque sèche, tourne la page d'un petit ouvrage de prière broché. Sa femme.

Avant, quand il lui apportait son petit déjeuner au lit. Avant, quand les femmes lui faisaient la cour dans les cafés parisiens. Avant, quand il n'avait pas besoin de se lever la nuit pour aller faire pipi. Avant, quand il pouvait parler et faire pipi en même temps. Il ne sait pas si la nostalgie est une émotion, ou simplement l'idée que les humains se font d'une émotion. Les formes et les émotions pures, par opposition aux formes et aux émotions d'emprunt.

Sa dette à Duras. Comme tout le monde elle a joué, une fois, à *India Song*, répétant nombre de demi-phrases avec cette ardeur monotone, en posant son regard translucide ici et là sur les fissures des murs, les bras des fauteuils, les ferrures vieillottes de la chambre de pension surchauffée mais mal éclairée.

Il est minuit moins dix, l'église est pleine de monde. Jésus va naître.

Toujours tout ce qui est lent à démarrer. Franchir une à une quelques étapes puis, la nuit, regarder se déposer les résidus de l'expérience. Une sorte de compréhension stratifiée.

L'homme continue d'aller et venir en chargeant méthodiquement le bois dans sa chaloupe. Il ne parle pas en travaillant. Son mutisme a quelque chose de séduisant.

Puis les camions commencèrent à charrier la terre. Cela dura plusieurs jours. Les résidents du quartier s'en plaignaient d'autant plus qu'ils n'avaient pas été mis au courant du projet.

Encore ce jeu d'assemblage et de construction. Elle dit qu'elle peut seulement croire à ce qui éclate dans tous les sens, ou à ce qui ne bouge pas, à une certaine fixité.

Elle dit tout cela mais en retenant quelque chose. Elle parle mais quelque chose en elle se brise à mesure que les mots sortent de sa bouche. Elle se resserre, se ramène plus près d'où elle pourra peut-être encore parler. Elle marche, vit ainsi pendant quelques heures, quelques jours. Quelques nuits même. Puis, petit à petit, cela prend une forme de permanence, cela devient elle.

L'architecte porte un manteau de laine bleu marin, de coupe classique, mais le vêtement est légèrement étiré et décoloré par endroits.

De la pierre aussi, aux surfaces et aux cassures multiples, livrée par tas, ici et là, sur le terrain. Et plusieurs sacs de ciment, et d'innombrables poches de tourbe.

L'homme travaille sans se presser mais sans répit, et sans hésitation aucune, comme si tout eût été pensé à l'avance. Plus loin, à quelque distance, son fils s'entretient avec les hommes du quai.

Il s'agissait, en gros, de transformer un de ces terrains vagues du centre-ville en un espace vert, agréable et séduisant pour petits et grands, un espace où les enfants aimeraient jouer et courir, et où les grands aimeraient s'asseoir pour les regarder, ou pour lire, ou pour dormir au soleil, ou à l'ombre. On leur montrerait à planter des fleurs et des arbres, à varier les textures et les couleurs, à tracer des sentiers et à prévoir des collines.

Dieu est Amour et Jésus est le Fils de Dieu.

L'homme n'a pas besoin de son fils pour l'aider à faire ce travail. En réalité, l'homme a rarement besoin de son fils. Celui-ci s'invite de temps en temps et lui, le vieux, le laisse faire.

Elle, son manteau de fourrure noire. Une fourrure sobre, à poil court, aux reflets auto-absorbants. Un manteau apparemment léger et souple, qui n'offre aucune résistance aux mouvements de la femme lorsque celle-ci tourne la page de son petit ouvrage de prière flasque.

D'autres citoyens étaient tout à fait d'accord avec l'initiative. Ils se réjouissaient que quelqu'un s'occupât enfin de mettre les écrivains au travail d'une façon susceptible de leur rafraîchir les idées, tout en mettant un peu d'argent dans leurs poches.

Sa sœur lui écrit de Paris qu'elle est en train de lire *La vie matérielle*. Elle l'a commencé en vacances de montagne, en juillet, alors que ses enfants couraient les rues de Valmorel. Elle ne les revoyait que lorsqu'ils avaient faim, et encore seulement s'ils n'avaient pas réussi à grappiller quelque chose ailleurs.

L'architecte et sa femme n'ont pour ainsi dire plus d'enfants. Ils ont traversé ensemble le désert parental et vivent maintenant sans se soucier outre mesure des raisons et des conséquences de leurs actes. Ils ont retrouvé ensemble une sorte de commune confiance, peut-être la confiance de leurs limites.

Duras, elle, au moins, remplit ses pages. Les livres coûtent cher. Personne n'aime se faire avoir.

L’homme s’en allait dans une île bâtir une clôture.

Quelque part cela avait donc commencé par une sorte de défaut de langue, par une certaine difficulté à prendre la parole. Cela avait commencé avec les mots, par les mots eux-mêmes. Des mots sans densité, sans opacité aucune. Des mots ayant perdu toute contenance, qui n'offraient plus qu'une sorte de décor d'ambiance.

La barrière des mots, œuvre de clôture.

L'homme ne bavarde en fait jamais. Il n'aime pas ce côté expérimental de la communication.

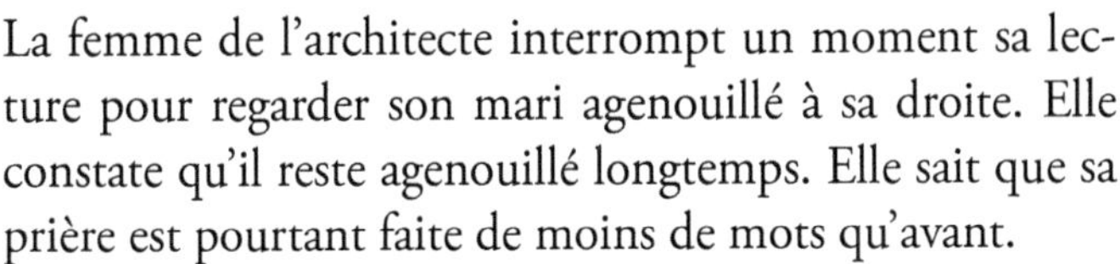
La femme de l'architecte interrompt un moment sa lecture pour regarder son mari agenouillé à sa droite. Elle constate qu'il reste agenouillé longtemps. Elle sait que sa prière est pourtant faite de moins de mots qu'avant.

Prier, ce que d'aucuns maîtrisent par le silence, d'autres par la parole. Une sorte de langage de surcroît, à défaut, peut-être, d'un véritable langage.

L'homme n'a parlé à personne de son projet. Il sait le ridicule qui guette les formes accélérées de créativité.

Au centre d'emploi, une certaine confusion entoure la présence d'écrivains acadiens en si grand nombre dans un endroit public, c'est-à-dire un endroit également fréquenté par les anglophones. Pour les autres clients, cet attroupement produit soit l'effet d'une descente de voyous, soit celui de l'arrivée dans le mauvais local d'une bande de joyeux congressistes.

Elle aime raconter cette histoire. C'est une histoire qu'elle aime raconter.

L'homme aime travailler seul. Il aime se sentir maître de ses actions et de ses gestes. Il ne travaille pas pour les autres. Son travail est chose bien à lui. Il y arrive, s'y insinue, l'accomplit comme il le veut, comme dans un corps à corps avec égal à soi. Comme dans l'amour. Il y arrive seul, entièrement, et en ressort seul. Entre y arriver et en sortir, il se passe une chose intime dans laquelle personne ne voudrait, n'oserait intervenir.

Malgré son âge avancé, l'architecte a gardé une allure de collégien. Les boucles légères de sa chevelure grisonnante sont repoussées vers l'arrière et son front ainsi dégagé évoque une énergique et saine jeunesse.

En allant faire ses emplettes matinales, une résidente âgée du secteur jette un coup d'œil de l'autre côté de la clôture métallique grillagée qui empêche le vague du terrain de se répandre sur le trottoir. Elle lit *God is a fairy Dieu est une fée* sur le t-shirt de celui aux dents séparées. Il n'y a pas de barre oblique pour l'empêcher de verser dans ce français incompréhensible qui lui donne le vertige à la fin. Pendant ce temps, au centre d'emploi, une agente signe la dernière carte bleue.

Les répercussions de l'événement sur notre âme. Quitter le point de vue objectif pour le point de vue subjectif, exprimer un sentiment. Tous et toutes nous pataugeons dans le bilinguisme tandis qu'ailleurs des gens se taisent, élèvent des clôtures sur notre âme, autour de notre être. Chaque mot comme une sentinelle prête à protéger et à défendre, prête à tirer et à blesser. Rentrer chez soi le soir, passer en revue la paperasse entassée pêle-mêle dans la boîte aux lettres, parmi laquelle, comme égarée, une lettre, écrite à la main, avec un vrai timbre. Tous et toutes nous tripotons l'ordinateur tandis qu'ailleurs des gens sablent une planche, rabotent un poème, rassemblent des troncs, pour le papier.

En comparaison, c'est à peine si un seul cheveu gris parsème la chevelure noire ondulée au fixatif de la femme de l'architecte. En dissimulant toute fragilité autour de la nuque, le col relevé du manteau de fourrure contribue aussi à l'allure sévère, à l'aspect couloir de cette femme.

Un autre passant entend celui aux grands yeux expliquer à son compagnon de travail que lorsqu'il a froid, il serre ses bras contre lui-même, que c'est un truc qu'il a appris à l'asile.

La carte bleue comme preuve supplémentaire d'admissibilité.

Pour l'État, l'expérience se voulait honnête. Mais cette volonté expresse de valoriser l'art côtoyait un désir inconscient de secouer les artistes, de les tirer d'une sorte de torpeur inavouée qui ressemblait à un engouement injustifié pour l'art lui-même.

Au-delà de l'évocation, la vocation réelle de la clôture.

Une île, inabordable en quelque sorte, un royaume, qui n'absorbe pas l'histoire, mais qui la reflète.

Ils travaillaient sérieusement malgré une sorte de lenteur, malgré les erreurs et la nécessité parfois de tout recommencer, malgré les moments d'hystérie ou d'aliénation passagères, malgré les engueulades, les coups de tête et les jurons.

Soudain, elle eut envie d'un très grand espace, d'un espace total où elle n'eût plus besoin de se rendre, d'un espace total où elle fût enfin rendue. Ce n'était pas tant un lieu physique qu'un lieu où elle pût être sans contredit, seule et libre, libre et seule.

L'homme rame debout, de tout son corps, en envoyant d'un coup les rames devant lui. Il laisse échapper un léger grognement en fournissant l'effort. Le rythme, une danse. Avec force. Il est pourtant vieux. Il n'a pas d'âge. Il a soixante et onze ans.

L'architecte et sa femme sont immobiles dans l'ambiance feutrée de l'église. Son immobilité à elle tient d'une sorte d'enlignement, d'une capacité certaine à la droiture.

Encore quelque chose entendu derrière le grillage. En soulevant un sac de ciment, une des travaillantes explique à un gars qui tient un boyau d'arrosage qu'avant on l'accusait d'avoir un problème de communication. La beauté de l'affaire c'est que maintenant qu'elle s'exprime davantage, on l'accuse d'avoir un problème de perception.

L'homme n'avait aucune intention de mourir. Il n'imaginait pas sa mort à ce moment-là. Il avait d'autres idées, d'autres projets. C'était un créateur. Il voyait les choses dans une perspective globale et savait attendre les signes.

La foreuse mécanique avait été appelée sur les lieux dès le début des travaux, mais avec l'évolution du projet, des trous supplémentaires s'étaient avérés nécessaires. Les chefs d'équipe avaient décidé qu'il faudrait les creuser à la main. Quelqu'un creusait.

Les trous du langage, là où on se noie.

Le gars qui tient le boyau d'arrosage, lui, voit une sorte de problème dans le fait que tout le monde, absolument tout le monde a un passé.

Son immobilité à lui dénote plutôt un manque de structuration, une tendance à l'affaissement. En effet, l'architecte est agenouillé, mais une grande partie de son poids et de son équilibre est soutenue par le banc d'église qui se trouve devant lui. Ses épaules, qui cachent son cou, constituent la partie supérieure de la structure triangulaire supportant sa tête inclinée. Ses mains jointes forment une autre pointe de ce triangle.

Elle s'intéresse, décrit encore quelque chose, mais sa voix se perd, s'éteint avant la fin de la phrase, avant la fin de l'idée. L'idée se couvre tout à coup, elle ne porte pas.

L'histoire de l'île, ne veut plus en parler, ne peut plus dire.

L'architecte ne sait pas d'où lui vient ce défaut de structure, ni cette impression lancinante que tout peut s'arrêter à tout moment, comme si, tout à coup, il n'y aurait plus aucune raison, plus aucun sens.

Les mots comme support de la réalité et, de toute façon, le silence qui fait déjà partie du langage.

Tout le monde sait que l’île est inhabitée.

Puis survint le jour où la plus tendue du groupe lâcha le projet avec fracas. Elle clame à qui veut l'entendre qu'il n'y a jamais personne de prêt, que la poésie ne se vend pas, qu'il est ridicule de signer, qu'il n'y a pas de langage, qu'il faut changer de programme.

La presse, superbe, la courtise.

Un nommé Robert profite de l'émoi pour attirer l'attention sur le fait qu'il subit la perte du subjonctif comme une défaite personnelle.

Ainsi, où qu'il se trouve, l'architecte cherche des liens entre ce qui se présente à lui comme une foule d'éléments disparates. Il cherche une cohésion d'ensemble, et cette cohésion, quand il la trouve, il la projette dans l'espace.

Minuit moins quatre minutes. Les derniers à arriver se cherchent des places dans le plus grand respect des fidèles déjà installés.

L'homme aimait les faits certains et les gestes forts, ce sur quoi l'on pouvait bâtir.

L'architecte tourne la tête distraitement. Une tranquille expression de douceur se dégage de son visage, malgré quelques lignes de fatigue autour des yeux.

Quelques jours plus tard, la dissidente expliqua plus calmement qu'elle s'était sentie emprisonnée en plein air avec vue directe sur ce qu'elle n'était pas, sur ce qu'elle ne serait jamais, sur une réalité qu'on lui prête, qu'on imagine possible pour elle, une réalité vivante à laquelle on voudrait l'assimiler.

C'était une journée ensoleillée, la mer était bleue et calme. La chaloupe se trouvait à peu près à mi-chemin entre l'île et la terre ferme lorsqu'elle se mit à pencher, doucement mais inéluctablement, vers la droite.

Minuit moins trois minutes. À l'extérieur, un vent léger fait courir des fantômes de neige au ras de l'asphalte. À l'intérieur, la chorale entonne un cantique de la Nativité. L'assistance se lève.

Au début, il avait souvent fallu faire face à l'imprévu et envoyer quelqu'un du groupe acheter un outil ou des matériaux additionnels nécessaires à la bonne marche des travaux. Ces personnes prenaient souvent leur temps, mais elles finissaient toujours par revenir.

Les chercheurs mirent trois jours à repêcher son corps. Son fils, qui l'accompagnait, avait réussi à nager jusqu'au rivage.

L'architecte aussi se lève, mais sans se presser. Il croise alors le regard d'une jeune femme qui semble le connaître. Gêné, ne sachant quoi faire de ce regard, l'architecte court lentement rejoindre sa femme dans les pages du petit ouvrage de prière broché.

Avant, quand quelqu'un venait, les parents offraient toujours de faire visiter toute la maison. Pour les enfants, il s'agissait du signe ultime de la transparence. Et c'était toujours tellement un bon signe qu'ils n'avaient jamais éprouvé le besoin d'en parler, de se le faire confirmer par la parole.

Et le Verbe s'est fait chair, et il a habité parmi nous.

La vraie vie

L'aléatoire ordonné

Première partie

1. Élizabeth voudrait avoir une vie

Élizabeth dit souvent qu'elle aimerait avoir une vie. Elle le dit toujours à la légère, en riant, sans doute pour dissimuler une gêne devant ce qui pourrait passer pour une sorte d'échec ou de manquement. Élizabeth a toujours cru qu'elle exprimait par là une pensée naturelle, plus ou moins superficielle, comme d'autres glissent dans la conversation qu'ils rêvent d'écrire un livre, de courir comme un cheval sauvage ou de laisser tomber une pluie de billets de banque sur une rue achalandée. Pour Élizabeth, il est suffisant de se décrire aussi sommairement. Cette manière de dire efface pour un temps la distance qui, en elle, sépare le fait d'être en vie, état plus ou moins accidentel, de celui d'avoir une vie. Comme si la vie était une chose que l'on pouvait réussir à posséder vraiment.

2. Denis n'en peut plus

D'abord il y a l'odeur sucrée et légèrement écœurante des légumes sautés à la chinoise que mange sa compagne, le nez dans sa revue *Times*. Puis il y a le bruit du croquant, de même que le jus dans lequel baignent les légumes, que son amie, entièrement plongée dans le dossier de l'heure, répand un peu partout dans le studio. Il y a longtemps que Denis endure la boulimie aux multiples facettes de cette soi-disant journaliste et là, il n'en peut tout simplement plus.

3. Le hasard qui fait bien les choses

Ne sachant pas où situer au juste le seuil de ce que l'on pourrait appeler la vraie vie, et craignant un peu de ne pas en franchir la marque, Élizabeth redoute le regard des autres sur elle. Bien sûr, il ne lui vient jamais à l'esprit de se montrer autrement qu'elle est, mais elle sait profiter parfois de ce que le hasard fait bien les choses. Ce soir par exemple, au banquet annuel du personnel de l'hôpital, il lui est arrivé de se lever de table en même temps qu'un aimable groupe de cinq ou six personnes. La situation aurait pu laisser croire qu'Élizabeth s'en allait avec ce groupe enviable poursuivre la soirée, c'est-à-dire continuer la vraie vie ailleurs. Dans son esprit, il n'y avait pas de mal à ce que les gens croient cela.

4. Une affaire réglée

Denis n'en peut tellement plus qu'il prépare d'ores et déjà les étapes de son exit. Sa décision est prise, il n'a même pas l'intention d'en discuter. Tout lui paraît simple et clair. S'efforçant de contenir son bonheur soudain, il regarde maintenant avec un repli stratégique cette femme mentalement absente, trop souvent venue manger ses plats salés sucrés à côté de lui, sans vraiment tenir compte de lui.

5. L'envers de la médaille

Malgré ce qu'elle aimerait que les gens croient, Élizabeth ne désire pas réellement se joindre au petit groupe adulé avec qui elle a passé la porte de la soirée sociale. Elle est tout à fait contente de rentrer chez elle, de pénétrer dans son appartement sans allumer, de se défaire de l'accessoire et de se laisser choir sur le divan du salon, face à la grande fenêtre qui donne vue sur la ville.

6. Apologie de la résonance et du timbre

Maintenant que sa vie de couple est chose du passé, Denis est beaucoup moins dérangé par l'odeur, le croquant et le jus des légumes de son ex-compagne, comme il convient désormais de la nommer. Il arrête donc son choix sur trois pièces de musique genre nouvel âge. Il pourra les enchaîner les unes aux autres aussi souvent qu'il le voudra sans que leur répétition ne dérange. Il entend déjà les effets sonores qu'il mixera à cette musique pour composer sa prochaine bande, une sorte d'apologie de la résonance et du timbre.

7. Quelque part ailleurs la vraie ville comme la vraie vie

Assise à la contempler encore une fois, Élizabeth sourit à l'idée qu'on pourrait se faire de sa vue sur la ville. Il ne s'agit pas d'une vue de haut, qui donnerait à voir l'étendue sans fin d'une nuit urbaine abondamment éclairée. Il s'agit au contraire d'une vue bien à plat, donnant d'abord sur un marais, puis sur un croisement d'avenues et d'autoroutes, et enfin sur quelques immeubles et un boisé. Le tableau s'arrête là. Il y a bien, quelque part à côté ou derrière, la vraie ville. Il suffit à Élizabeth de le savoir.

8. La vraie solitude de Denis

Denis se croyait seul à errer dans la dimension sonore de la galaxie jusqu'à ce qu'il découvre l'existence de cette musique dite du nouvel âge. Cette découverte n'a pas eu que du bon. Pendant quelques jours, Denis a flotté dans un état mêlé de bonheur et de tristesse. De bonheur, parce qu'il n'était plus seul, de tristesse, parce qu'il n'était plus seul.

9. Principe arythmique

Élizabeth prend souvent plaisir, la nuit, à regarder les véhicules se promener sur les avenues de son marais. Elle s'abandonne aux trajectoires des phares et au rythme imprévisible de la circulation, heureuse que tout cela, ou que quelque chose enfin, échappe à son contrôle. Elle a l'impression très nette que chaque véhicule emporte avec lui une idée ou un brin de fatigue, défaisant à la longue le nœud de son existence et le dispersant ici et là dans la nuit.

10. Effraction

Une petite barque glisse sur une rivière étroite bordée de saules. Il n'y a personne dans la barque. C'est sans doute ce qui fait que quiconque la regarde cherche à se situer par rapport à elle. Certaines personnes se placent sur la berge et la regardent simplement passer, d'autres voient leur âme assise dans la barque. Parfois l'âme est rigide, absolument tendue vers l'avant. Parfois elle est heureuse et souple, faisant amicalement signe à sa cousine en chair sur la berge. D'autres personnes voient leur âme flotter au-dessus de la barque, la guidant ou la poussant, comme un ange de Chagall délivré de sa pesanteur.

Deuxième partie

11. Claude et les juifs

Claude explique qu'il a toujours eu un penchant pour les grandes souffrances mais que rien dans sa vie ne l'a obligé à souffrir. Sauf, peut-être, ce rendez-vous manqué avec le destin. Par exemple, jeune, quand il prit connaissance des atrocités infligées aux juifs pendant la guerre, il éprouva d'abord de l'envie. Il aurait voulu être juif pour subir ce sort. Faute d'occasion de le mesurer vraiment, cet élan demeura toujours latent, et Claude s'accommoda tant bien que mal du vague malaise que sa présence oisive lui faisait vivre.

12. Une bonne journée

Denise, chauffeuse de taxi, a senti en se levant ce matin qu'elle aurait une bonne journée et elle est en train de l'avoir. Elle vient de prendre un homme de belle allure à l'aéroport et elle le conduit présentement à une grande librairie du centre-ville. L'homme, un Européen, lui plaît. Il sent bon et en plus il s'intéresse aux livres.

13. Claude et les Noirs

Claude explique qu'il ressentit essentiellement la même chose un peu plus tard, alors qu'il accompagnait son père psychanalyste en tournée de conférences aux États-Unis. Il ne voyait plus, là-bas, que les Noirs. Il connaissait un peu leur histoire mais sur place, il eut envie de leur souffrance, qui ne lui appartenait pas.

14. Une Bible de luxe

Des démarches souvent pénibles pour d'autres réussissent bien la plupart du temps à Rodriguez, le client de Denise. L'homme d'affaires d'une cinquantaine d'années revient d'une mission commerciale en Californie. Il a décidé de faire escale à Montréal, en route vers l'Italie, expressément pour s'y procurer une récente édition illustrée de la Bible. Cette Bible de luxe, douze volumes grand format contenus dans trois lourdes caisses, vient d'être déposée dans le coffre du taxi et Rodriguez demande maintenant à être ramené à l'aéroport. Il signale cependant à Denise qu'elle n'a pas à se dépêcher puisqu'il ne prend son vol qu'en fin d'après-midi.

15. La lumière du songe

Claude s'entend dire ce qu'il a toujours pensé et, à ses oreilles, ses propos ne sonnent pas faux. Il sent qu'il a le temps de réfléchir et que les questions de son interlocuteur vont dans le sens de sa réflexion. Mais quelque part, il pourrait aussi s'agir d'un songe, car Claude ne sait pas toujours à qui il parle. Parfois il a l'impression de parler à un biographe, parfois à un psychothérapeute, parfois encore à un chercheur ou à un inspecteur de police. Cela se passe dans une pièce bien éclairée par la lumière du jour, une pièce aux murs vert pâle, presque blancs.

16. Au centre du mouvement

À supposer qu'elle eût encore un doute, le fait que son client ait si facilement trouvé cette Bible peu commune convainc Denise qu'elle a véritablement affaire à un homme chanceux. La petite femme rondelette aux cheveux blonds plutôt courts décide donc de jouer le tout pour le tout. Elle dit à son client qu'elle s'appelle Denise et que s'il le veut, elle peut lui faire faire un tour de ville. Elle explique qu'elle n'a pas souvent des clients de qualité qui ne sont pas pressés. Elle le regarde dans le rétroviseur en parlant. Elle a un petit sourire mignon. Elle dit qu'elle est mariée, qu'elle a deux enfants et que son mari, avec qui elle vit toujours, s'occupe beaucoup de leur petite famille. Quant à elle, son travail lui a donné l'occasion de réfléchir sur la vie. Elle en est venue à la conclusion que même si les gens ont l'impression d'avancer dans l'espace et dans le temps, ils ne vont en fait nulle part parce que la vie est un point stationnaire de dynamique paradoxale. L'homme chanceux accepte de faire un tour de ville avec elle.

17. Encore quelques détails sur Claude

Claude est de ce type de Français devenu Asiatique en quelque sorte. Chez lui, le calme devient discrétion. Discrétion dans le geste, comme s'il existait un code de l'espace et du mouvement, et discrétion dans le regard, comme pour laisser une chance à ce qui veut transparaître. Tout son être est enveloppé dans cette façon d'être à la fois ouvert et fermé, présent et absent.

18. De la théorie à la pratique

Poursuivant son exposé sur la vie paradoxale, Denise cite ses propres paradoxes en exemple. Elle dit qu'elle pense avoir des qualités de chef, ayant instinctivement envie de mettre les gens en marche. Pourtant, elle n'est que chauffeuse de taxi. Réflexion faite, elle doit en effet, par son métier, mener les autres. Mais le but à atteindre ne peut pas venir d'elle et cela tombe pile, explique-t-elle, car elle n'a aucune orientation propre. Elle ne peut donc réaliser sa vie de meneuse que si on lui prête une direction. Ce que font, sans le savoir, les innombrables clients qui réclament ses services.

19. Claude et la psychanalyse

Claude explique qu'il aimait bien son père et que c'est sans doute pour suivre ses traces qu'il entreprit des études en psychanalyse. Il se détourna de cette discipline au bout de quelques années cependant. La matière l'intéressait personnellement, mais pas de façon industrielle. Pendant quelque temps, il ne sut pas vraiment quoi faire de lui-même. Il se rendit en Asie, où il vécut en fin de compte plusieurs années. Il s'intéressa à diverses techniques de massage et se spécialisa au point d'être invité à partager ses connaissances en Amérique et en Europe. C'est comme ça qu'il se retrouva à Montréal, où il finit par établir sa pratique, pour ainsi dire.

20. Effraction

Au volant de sa voiture, Élizabeth traverse un terrain vague et plat quelque part entre Edmundston et Fredericton, au Nouveau-Brunswick. Elle reconnaît ce lieu, signe qu'elle commence à connaître le trajet par cœur. De temps en temps son regard s'accroche à un détail du paysage, mais la plupart du temps ses yeux fixent la route et son regard se replie vers l'intérieur. Elle pense au séjour qu'elle vient de faire à Montréal. Ses pensées lui semblent s'enchevêtrer et tourner en rond. Pour le moment, elle n'exige pas de comprendre. Elle est confortable au milieu de cet enchevêtrement, comme au creux d'un nid.

Le plus facile

Première partie

21. L'idée claire

Élizabeth n'a pas eu de difficulté à décider d'accepter le poste qu'on lui offrait à Moncton. Elle avait déjà déménagé plusieurs fois depuis le début de sa carrière et contrairement à d'autres, elle avait plutôt aimé ces déplacements successifs. Elle aimait aussi l'idée de participer à la mise sur pied d'un nouveau centre de traitement du cancer.

22. Un grand livre comme un grand lit

Alida dort sous les couvertures d'un grand lit, dans une chambre d'hôtel spacieuse de Rome. Les rideaux de la chambre sont fermés mais les lampes de chevet de chaque côté du lit sont allumées. Un plateau de repas est posé sur une table dans un coin de la pièce. Trois ou quatre grands livres traînent au bout du lit.

23. Le sens des maladies

Élizabeth se sentait d'ailleurs déjà un peu en retrait du fait de son rapport ambigu avec le monde médical. Au fil des années, elle avait fini par se rendre compte qu'elle ne voulait pas simplement exercer un pouvoir sur la maladie. Elle n'avait pas non plus l'âme d'une Jeanne Mance réconfortant les affligés. Parfois elle pouvait aller jusqu'à penser que les maladies avaient un sens, peut-être même une utilité.

24. Les choses comme elles sont

Alida n'a pas fait l'amour depuis longtemps parce qu'il n'y a plus de contexte où elle peut vraiment s'abandonner. Les choses sont ainsi. Pourtant, même si elle ne fait rien pour attirer les hommes, il s'en trouve toujours un, à quelque distance, pour lui faire signe et l'obliger à repenser à toute la question. Quant à Rodriguez, le seul qui ait réussi à se glisser près d'elle, Alida lui prête son corps comme à un frère tendre et viril, mais elle ne décide rien.

25. La vie à tout prix

Élizabeth s'est sentie un peu moins coupable d'être médecin le jour où une cliente, une petite dame un peu âgée, lui a confié qu'elle trouvait merveilleux de penser qu'elle allait bientôt mourir. Parce qu'en choisissant la médecine, Élizabeth n'avait pas nécessairement opté pour la prolongation de la vie.

26. En grand nombre dans n'importe quelle librairie

Ces derniers temps, Alida a feuilleté des centaines de ces albums photos sur tous les sujets imaginables, que l'on trouve en grand nombre dans n'importe quelle librairie. Elle découvre que ces albums l'allègent. Parfois c'est une image particulière qui l'allège, parfois c'est l'existence même des albums, qu'elle collectionne maintenant et qui lui vident les yeux.

27. Son visage comme une coïncidence de plusieurs visages

Le visage d'Élizabeth ne comporte pas de traits marquants, sauf peut-être une allure générale hors du temps qui la caractérisait déjà lorsqu'elle était enfant. À l'adolescence, elle avait l'air moins actuelle, moins moderne que sa propre mère. Elle a pourtant un air familier. Pas une semaine ne passe sans qu'on lui dise qu'elle ressemble à quelqu'un d'autre. Élizabeth a l'habitude de cette allure trouble et dispersée, d'ailleurs conforme à l'écart, à la distance qui s'est établie entre elle et le monde. Son nom ajoute aussi à ce sentiment d'étrangeté. Elle l'a toujours trouvé anachronique mais n'a jamais osé le changer de peur de brouiller l'ordre des choses.

28. Alida et les vrais anges

Alida rêve maintenant à une image qu'elle a vue dans un des grands livres au pied du lit. Dans son rêve, elle est l'ange qui pousse la barque sur la rivière bordée de saules. Alida a une très grande envie de rire dans sa peau d'ange, mais elle est consciente que ce rire troublerait la sérénité des lieux. Elle se retient donc, s'efforçant de pousser calmement la barque vers l'avant. Elle se demande si quelqu'un l'aperçoit du rivage, mais n'ose tourner la tête vers les berges, sachant qu'il lui sera impossible de contenir son rire si elle croise un regard. Alida est consciente de son rêve au moment même où elle rêve. Elle ne comprend pas ce qu'elle fait dans ce rôle d'ange, car selon elle, il est impossible que les vrais anges aient envie d'éclater de rire.

29. Comme naturellement les obstructions

Élizabeth se sent bien dans les rues de Moncton, particulièrement celles qu'elle parcourt à pied en se rendant à l'hôpital. Elle aime les grands arbres qui forment comme une voûte au-dessus du quartier. Souvent, pourtant, elle marche en pensant aux caves des maisons, aux tuyaux d'égouts et aux autres aménagements qui font obstacle à leurs racines déployées. Élizabeth pense souvent à l'existence de ces obstructions, et au fait que les racines finissent par les contourner comme naturellement, sans que cela se voie, pour qu'aux yeux de tous, l'arbre continue d'être arbre.

30. Effraction

Rodriguez est au chevet de son père mourant dans un hôpital de campagne propre mais rudimentaire. Les deux hommes se ressemblent beaucoup. Rodriguez a vingt ans de moins qu'aujourd'hui. Debout, les mains refermées sur la rampe du lit, il regarde son père endormi. Il sait que quelque chose est en train de figer. Il voudrait rester là, mais à côté, dans l'autre lit de la chambre, sa mère aussi attend. Ses yeux sont grands ouverts. Trois pas séparent les deux lits. Trois pas, cette infinie distance intérieure qui ne peut jamais être franchie. Rodriguez prend la main de sa mère. Et ainsi de suite les morts successives, les deux à quelques heures d'intervalle, laissant à leur éternel fils une vaste mais troublante liberté.

Deuxième partie

31. Denis aussi a de la chance

Finalement, Denis a eu du succès avec le propriétaire d'un immeuble à appartements de classe supérieure qui cherchait un locataire-gérant pour s'occuper du bâtiment. Ce propriétaire avait décidé d'aller vivre en Floride et il voulait confier sa propriété à une personne responsable qui saurait maintenir le prestige de l'établissement. L'immeuble, d'allure plutôt sombre, était situé un peu à l'écart, à l'extrémité d'un quartier résidentiel paisible. De la rue, il ressemblait à un motel sans fenêtre niché dans un marais, entouré d'un peu de pelouse et de quelques arbres. Denis avait dû prendre son courage à deux mains pour dire au propriétaire qu'il voulait emménager avec ses deux chiens. Il savait que cela risquait de lui être défavorable. Mais le propriétaire de l'immeuble était un homme sensible à qui les chiens ne posaient pas de problème, pourvu que le calme et la propreté des lieux soient respectés.

32. Même la fontaine de Jouvence

S'arrêtant subitement à un feu rouge, Denise conclut son exposé sur la vie paradoxale en disant qu'elle ne doute aucunement de ses perceptions, mais qu'elle ne sait pas toujours exactement comment mettre à profit ce qu'elle ressent. Tout de même, elle jouit beaucoup, intérieurement, de voir des gens aux prises avec leurs paradoxes. Elle y voit l'expression d'une énergie vitale, de cette énergie qui, en fin de compte, différencie les vivants des morts. Elle croit même qu'il en va de l'origine, du secret de la fontaine de Jouvence.

33. Denis écoute manger ses chiens

Denis est assis par terre à regarder, mais surtout à écouter manger ses deux chiens. Il s'agit d'un de ses moments préférés avec eux. Il ne se lasse pas d'entendre le bruit qu'ils font. En les observant aujourd'hui, il constate qu'ils se sont bien adaptés à leur nouveau logis. Lorsqu'ils auront vidé leur plat, ils se tourneront vers lui en se léchant le museau, puis dans l'autre sens, vers le bol d'eau. Un premier s'y rendra boire. L'autre, ennuyé de devoir attendre, ira vers la porte pour aller faire ses besoins dans la cour. Au bruit de la porte qu'ouvrira Denis, le chien qui s'abreuvait arrivera d'un pas pressé pour sortir lui aussi. La joyeuse paire courra jusqu'au bout du jardin. Comme toujours, Denis les suivra avec un seau et une petite pelle pour ramasser les boudins. Il profitera du fait que les chiens sont dehors pour les exciter et les faire courir un peu, après quoi, satisfaits, les trois rentreront dans la maison.

34. Du vrai dans ce qui est dit

Rodriguez trouve Denise divertissante et il l'écoute avec amusement. Il voit du vrai dans ce qu'elle dit. Lui-même n'est pas très porté à faire ce genre de réflexions, mais cela ne l'empêche pas d'en apprécier la couleur. En fait, Denise fournit à Rodriguez quelques chaînons manquant à sa propre compréhension des choses de la vie. Car Rodriguez agit le plus souvent par intuition. Il sent beaucoup plus qu'il ne raisonne. C'est d'ailleurs pour cela qu'il préfère rester seul en affaires. Il ne se sent pourtant pas seul dans la vie. Sauf devant Alida.

35. Encore du vrai dans ce qui est dit

Denis pense souvent au fait que son ex-compagne l'accusait d'aimer ses chiens plus que les humains, et plus qu'elle-même. D'une certaine façon, elle avait raison. Mais Denis ne lui répondait jamais quand ils en arrivaient là. Avec les années, il avait constaté que sur ce point, il n'était plus possible de discuter de façon raisonnable. Il se retranchait alors derrière un silence qui, apprit-il plus tard, pouvait donner lieu à toutes sortes d'interprétations.

36. Les crevasses maritimes du Canada

Rodriguez regarde se dérouler le paysage urbain en butinant d'une circonstance à l'autre de sa vie. Il écoute Denise d'une oreille. Elle explique qu'elle n'est pas Québécoise mais Acadienne. Il se laisse plus ou moins entraîner dans cette géographie des origines. Rodriguez s'y retrouve facilement d'est en ouest, mais pas dans la configuration du territoire comme tel, n'ayant jamais eu à se pencher sur les crevasses maritimes du Canada. Il prend tout de même la résolution de regarder plus attentivement cette carte un jour, si jamais elle lui tombe sous la main.

37. Vidéos pour chiens

C'est d'ailleurs pendant ces retranchements équivoques que Denis a tourné la plupart de ses vidéos pour chiens. Au début, il s'agissait d'une sorte d'expérience divertissante, mais cela prit bientôt l'ampleur d'une passion. *L'étang* devint un véritable classique, en raison des cris des oiseaux de marécage et des gros plans de canards. Aidé de sa sœur, qui conduisait la voiture, Denis réalisa *Balade en ville en voiture* et *Balade à la campagne en voiture* avec égal brio. Ses chiens raffolent toujours de ces deux titres, mais une série semblable de balades à pied ne les intéresse pas autant. *Le chat provocateur* les excite et *Visite chez le vétérinaire* les terrifie tandis que *Autres chiens, La meute* et *La portée* ne provoquent aucune réaction particulière, même s'ils les regardent jusqu'au bout sans s'en détourner, comme ils le font pour *Soirée paisible avec criquets* et *Journée à la plage.*

38. Même à distance

La pensée de Rodriguez s'arrête finalement sur Alida, raison de son escale à Montréal. Il est fasciné par cette femme quelque peu inquiétante qui ne cesse de le révéler à lui-même, même à distance. Rodriguez a réellement l'impression de vivre en dehors de l'ordinaire depuis qu'il la côtoie. Il se rend compte que cela n'est pas peu dire, mais il est aussitôt tiré de ses réflexions par la voix de Denise, qui ajoute que même si elle est Acadienne, jamais elle ne retournerait vivre en Acadie.

39. Denis passe pour fou

L'ex-compagne de Denis ne voyait que lubie, sinon dérèglement mental pur et simple, dans les soins et l'attention que Denis donnait à ses chiens. Ses vidéos pour chiens étaient une chose, l'installation sophistiquée qu'il avait patentée pour la projection de ces vidéos en était une autre. Il s'agissait d'un système de projection à déclenchement automatique. La projection se mettait en marche et les chiens venaient aussitôt s'installer devant l'écran de télévision géant. Denis avait aussi dissimulé dans l'armoire à télévision un énorme ventilateur qui se mettait en marche quand passait une des balades en voiture. La ventilation donnait aux chiens l'impression de rouler en automobile, la tête hors de la fenêtre.

40. Effraction

Un coiffeur a ouvert un salon de beauté en face de l'hôpital après avoir tenté pendant de nombreuses années de vivre ailleurs qu'en Acadie. Ses antécédents le portent maintenant à accorder une attention spéciale à l'élément étranger de la ville. Élizabeth ne passe donc pas inaperçue à ses yeux, d'autant plus qu'elle marche tous les jours devant la vitrine de son salon. Le coiffeur apprend que cette femme fait partie de l'équipe médicale du nouveau centre de traitement du cancer de l'hôpital. Mais aucune des infirmières qui fréquentent son salon ne la connaît bien. Le coiffeur, qui aime les situations claires et qui a l'esprit de synthèse, doit donc se satisfaire d'une interrogation concernant Élizabeth. Il en est réduit à se demander si elle est une femme d'avant ou d'après la dévastation.

Sans trop croire
et pourtant sur
le qui-vive de croire

41. Élizabeth rit de la musique

Parfois Élizabeth assiste à un concert de musique classique, une activité tranquille qu'elle aime et qui répond aussi à son désir d'avoir au moins l'apparence d'une vie. C'est à l'un de ces concerts qu'elle a réalisé qu'il était même possible de rire de la musique, ce qui l'a étonnée, car Élizabeth avait toujours idéalisé cette forme d'art. Ce soir-là, elle s'était mise à entendre chaque instrument, puis chaque note, isolément. Au bout d'un moment, Élizabeth n'entendait plus du tout de musique, seulement des milliers de sons qui tentaient de se regrouper pour avoir l'air moins ridicule ou pour créer l'illusion d'un ensemble. À la sortie du concert, Élizabeth s'était sentie revigorée et rafraîchie, comme si quelque chose d'essentiel venait d'avoir lieu. Pour tout dire, elle se sentait libérée. Ce fut son plus beau concert.

42. La femme de Berlin

Claude explique à son interlocuteur qu'une femme rencontrée à Berlin lui fit prendre conscience de nouvelles possibilités dans le domaine du massage. Il s'était trouvé à côté d'elle, dans un bar, en train de prendre un verre. La femme s'était mise à parler de la guerre. Elle n'avait pas pris la peine de signifier à qui elle s'adressait, mais Claude avait senti qu'elle parlait pour lui. Elle regardait dans le grand miroir au-dessus de l'étalage de bouteilles et décrivait de façon très explicite des scènes de guerre qui semblaient se dérouler sous ses yeux. Elle parlait doucement, un peu machinalement, sans trop chercher ses mots. Son regard n'avait jamais croisé celui de Claude, même pas dans le miroir, ce qui aurait été moins compromettant. En fait, son regard ne s'était arrêté sur rien autour d'elle. La femme ne semblait voir que ces scènes de guerre défilant sur un écran imaginaire.

43. La vie sous d'autres angles

Élizabeth n'avait pas l'habitude des concerts de musique classique avant d'arriver à Moncton. Elle avait assisté à quelques concerts comme par principe, pour voir la vie sous d'autres angles. Élizabeth se sent particulièrement à l'aise dans ce rôle d'observatrice. Pour elle, quand le sens échappe, observer la vie devient la seule façon d'en faire encore partie.

44. La dimension combative

Claude explique que ce que racontait la femme de Berlin ressemblait à un rêve à la fois paisible et cauchemardesque. Et même s'il croyait avoir affaire à un univers aussi impénétrable qu'un rêve, Claude avait jugé bon, à quelques reprises, de questionner doucement, de commenter ce que racontait la femme, pour montrer qu'il écoutait. La femme intégrait bien les interventions de Claude, sans toutefois déroger de son discours parallèle. Cela avait duré une vingtaine de minutes, puis la femme avait semblé reprendre ses esprits. Elle avait alors regardé Claude comme si elle eût été pleinement consciente de ses égarements et avait conclu en disant que ce n'était rien, qu'elle éprouvait parfois une profonde nostalgie de la guerre.

45. Une maladie moderne

Élizabeth est toujours à l'affût de faits ou de notions qui élargiraient sa compréhension des maladies, et en particulier du cancer. Même si elle sait que ces éclairages peuvent venir de n'importe où, elle avait tout de même été surprise de ce qu'elle avait trouvé dans un grand livre intitulé *Les 100 chefs-d'œuvre de la peinture*. Il y était question, au sujet du travail de Marcel Duchamp, par exemple, de *désir qui tourne en circuit fermé et se broie*, d'*énigme à laquelle succède le silence*, de *redéfinition*, d'*allégorie radicale et ambiguë, solitaire… qui défie l'interprétation*. Élizabeth n'avait jusque-là jamais considéré l'art moderne comme symptomatique de maladie. Se renseignant davantage, elle s'était rendu compte que l'esthétique de Duchamp se retrouvait chez beaucoup d'autres contemporains. De Chirico, par exemple, faisait appel à *une logique inquiétante et secrète.* Chez Kandinsky, il était question d'*explosion intime* alors que chez Magritte, il y avait une tentative de *tuer le temps* et de montrer *un univers sans durée.*

46. Évidence du corps et de l'esprit

Claude savait depuis longtemps que la manipulation du corps pouvait mener à une éclosion de l'esprit ou de la psyché. Mais c'est seulement lorsqu'il avait rencontré la femme de Berlin qu'il s'était senti lui-même prêt à travailler dans cette voie. Chaque chose que disait la femme le renvoyait à une approche, à un toucher. Pourtant, quand la femme s'était arrêtée de parler, Claude n'avait pas su la retenir. Elle était donc partie, le laissant seul avec ses réflexions.

47. Quand le doute pointe

C'est en marchant vers son lieu de travail sous la voûte des grands arbres de la ville qu'Élizabeth passe en revue les idées et les impressions qui l'ont imprégnée au fil des jours. Souvent, en en faisant le tri, il lui arrive de douter, de ne plus vraiment savoir de quoi tout cela retourne. Élizabeth apprend à ne pas résister à ses incertitudes. Elle tâche de tirer parti de son doute, de l'utiliser en l'incorporant à ce qu'elle sait. Ces jours-là, Élizabeth avance tout doucement, sans trop croire et pourtant sur le qui-vive de croire.

48. Claude retrousse un peu les manches

Claude dit qu'il resta quelque peu hanté par la femme de Berlin et que sa pratique s'en trouva définitivement changée. Il s'attarda, dans un premier temps, à l'environnement sonore. Jusque-là, il avait l'habitude de laisser jouer une musique douce pendant le traitement. Il voyait maintenant la possibilité, voire la nécessité, d'exploiter davantage la capacité d'absorption et d'assimilation de l'ouïe. Il avait donc travaillé pendant un certain temps avec un jeune homme qui faisait de l'expérimentation sonore. C'était un type solitaire et original, un Acadien, le frère jumeau d'une ancienne voisine de palier.

49. Quelque part une interprétation

Élizabeth se demande s'il est possible de penser trop librement au cancer. Elle craint parfois que sa façon de voir se retourne contre elle, que cela soit interprété quelque part comme une ouverture, une invitation à la maladie. Elle se demande comment elle réagirait si elle devait un jour apprendre qu'elle en est elle-même atteinte. Mais au lieu de la faire reculer, cette éventualité élargit son terrain de recherche, la poussant, entre autres, à identifier ses propres comportements cancérigènes.

50. Effraction

Denise rentre chez elle après une journée au volant de son taxi. Les enfants courent toujours l'embrasser lorsqu'elle arrive et chaque fois elle se penche et leur ouvre les bras. Chaque fois, aussi, elle pense à la mère dont elle est l'enfant et dont elle imite parfois les techniques de mère. Elle sait que le mot *technique* est trop fort, parce qu'il donne à entendre une démarche réfléchie. Denise embrasse ensuite son mari. Elle reste toujours dans ses bras quelques secondes de plus que nécessaire. C'est là que tout s'arrête, et que tout peut recommencer.

Deuxième partie

51. L'obsession magnifique de Denis

Denis se sent presque trop en forme aujourd'hui. Il est porté par une idée géniale qui l'a tenu éveillé pendant une bonne partie de la nuit. Cette idée qui ne le lâche pas lui procure une joie intense et le remplit d'énergie. Il souhaite que la présence d'Élizabeth, qu'il a rencontrée tout à l'heure dans le couloir et qui a accepté son invitation à souper, le ramène un peu sur terre. Il pense aussi que les préparatifs du souper absorberont un peu de son surplus d'énergie.

52. Les ratés de la manipulation du sens

Alida ne comprend pas pourquoi elle n'a pas découvert ces grands livres de photographies plus tôt. Il y a déjà un bon moment qu'elle s'est lassée de la courbe prévisible des romans, tout comme elle s'est distanciée du mouvement factice et des mises en scène étourdissantes du cinéma. Beaucoup d'albums de photographies d'art lui font le même mauvais effet. Elle n'aime pas sentir qu'on manipule le sens. Elle veut être séduite sur le coup, par la beauté simple et expressive des choses.

53. Théorie de l'inertie vitale

Le vin et l'attention soutenue de Denis aidant, Élizabeth va jusqu'à dire qu'aux yeux de certaines féministes, elle ne serait pas une vraie femme parce qu'elle ne valorise pas la vie et la paix par-dessus tout. Denis réalise qu'il n'est que vaguement conscient des luttes intestines du mouvement féministe. Élizabeth ajoute que de toute façon, la vie et la mort sont des frontières toutes relatives, que les mots *vie* et *mort* ne décrivent en fait que des conditions extrêmes. Elle est persuadée que les humains en savent beaucoup plus que ce qu'ils arrivent à transmettre avec les mots, qu'ils portent tous en eux une connaissance absolue de la vraie vie et de la vraie mort, et que c'est essentiellement un manque d'imagination qui les empêche d'accéder à cette connaissance. Élizabeth expose alors sa théorie de l'inertie vitale, que Denis confond avec la théorie de sa sœur sur la vie paradoxale, et il explose par en dedans. Car tout cela le rejoint dans le projet sublime qui l'anime depuis le matin et qu'il voit maintenant au grand jour.

54. Des vides de vision

Alida ne comprend pas toutes les composantes de son désœuvrement mais elle sait qu'il lui est essentiel de se retrouver dans cette vaste immobilité de l'image. Elle s'y promène infiniment légère, portée par des vides de vision qui lui donnent l'impression de voir, pour la première fois, au-delà de ce qui est visible. Elle y retrouve la respiration, une respiration sur laquelle elle peut compter, une respiration qui ne l'abandonnera pas pendant le sommeil.

55. L'irrésistible chorégraphie de la parole

Contrairement aux attentes de Denis, la présence d'Élizabeth ne fait que le stimuler encore plus en le confirmant davantage dans son projet. Et plus Élizabeth parle, plus Denis se sent devenir bicéphale. D'abord parce que la présence d'Élizabeth ne cesse de le renvoyer à lui-même et à ses propres visions, et ensuite parce qu'il doit faire un effort prodigieux pour ne pas se laisser hypnotiser par le seul rythme des mots et des gestes d'Élizabeth. En fin de compte, Denis attrape encore quelques bribes de sens au hasard avant de sombrer dans l'irrésistible chorégraphie de la parole.

56. L'écoute interne d'Alida

Étendue sur le lit de cette chambre d'hôtel de Rome, Alida sent pourtant que quelque chose en elle voyage à une vitesse inouïe. Ce ne sont pas des pensées. Cela précède de très loin la pensée. Ou peut-être que cela la dépasse. Quoi qu'il en soit, cela semble venir de très loin et s'en aller très loin. Elle se demande pourquoi cela se donne la peine de passer à travers elle.

57. Concordance de l'animal et de l'humain

Denis n'a jamais réalisé de film ou de vidéo pour humains. L'idée ne lui a même jamais traversé l'esprit. Mais aujourd'hui, il est absolument sûr de ce qu'il aurait à montrer. Il emploie à dessein le mot montrer, au lieu du mot dire, parce qu'il lui est maintenant évident que son film ne passera qu'accidentellement par les mots.

58. Alida dans l'esprit de Rodriguez

Rodriguez regarde sa montre. Son cœur fait un léger soubresaut à la pensée qu'il retrouvera bientôt Alida. Mais une légère inquiétude vient troubler le bonheur de ces retrouvailles. Parce que Rodriguez non plus ne comprend pas toutes les composantes du désœuvrement d'Alida. Et il la revoit telle qu'il l'a vue la première fois, dans un café enfumé, feuilletant un album d'astronomie sur les accouchements d'étoiles.

59. Des figurants

Regardant parler Élizabeth, Denis se rend aussi compte que tous les personnages de son film seront des figurants, qu'il ne veut pas raconter la vie d'une personne en particulier mais la vie en général. Bref, il veut montrer non pas l'évolution des personnes, mais simplement leurs déplacements. Il croit que le sens surgira spontanément de ces déplacements.

60. Effraction

Une femme arrive à l'heure convenue, ne dit rien, entre dans une petite pièce et se met à se déshabiller. Pendant longtemps, cette femme s'est dévêtue aussi naturellement que si elle marchait sur la grand-place, mais elle n'était pas nue pour autant. Comme l'ont découvert les mains qui ont travaillé son corps, cette opacité n'était pas volontaire. Quelque chose chez cette femme avait résisté, repoussant tout ce qui ressemblait à une avance sur son être, comme si elle eût porté en elle une mémoire phénoménale de l'invasion.

La vraie histoire

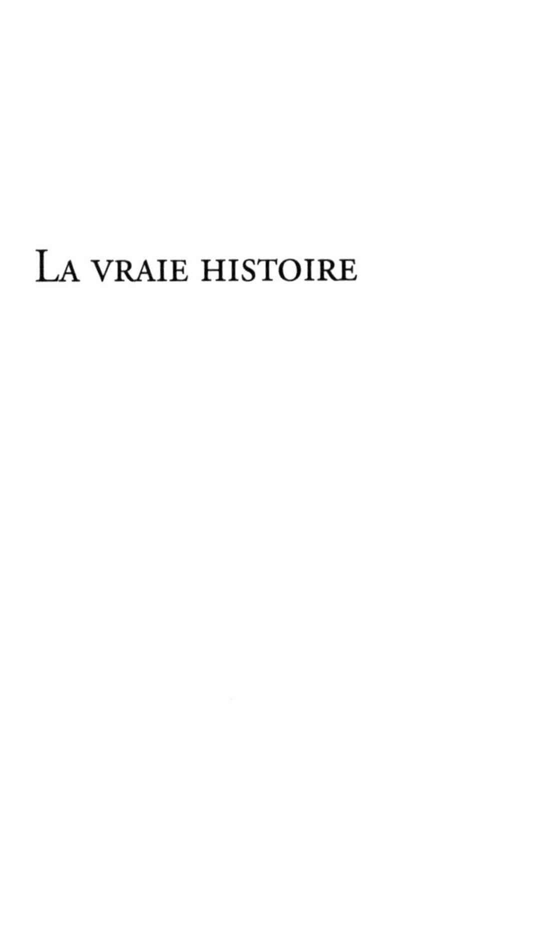

Première partie

61. Une question de chaleur

Le directeur médical du centre de traitement du cancer convoqua un jour Élizabeth à son bureau. L'homme dans la cinquantaine s'enquit d'abord de généralités. Il demanda à Élizabeth si elle était satisfaite de la façon dont les choses se passaient au centre, si elle se plaisait à Moncton, si elle était bien logée et si elle se sentait à l'aise avec les Acadiens. Il lui fit ensuite part de commentaires qui lui étaient parvenus à son sujet. Des clients avaient confié à d'autres membres de l'équipe médicale qu'ils trouvaient Élizabeth plutôt distante et pas très réconfortante à leur égard. Ils la trouvaient, en somme, plutôt froide.

62. Suite de l'entrevue avec Claude

Claude explique qu'au bout de quelque temps, sa clientèle était devenue presque exclusivement féminine. Il ne s'était pas formalisé de cette situation. Il comprenait, sans y avoir trop réfléchi, que les femmes se sentent à l'aise avec lui. À ce moment-là, il consacrait pas mal de temps à son autre métier, encore plus informel celui-là, de dénicheur. Il s'amusait en effet à chercher des objets rares ou de valeur. Il n'aimait pas que ces objets se perdent mais, ne tenant pas à les garder lui-même, il les signalait à des connaissances ou à des collectionneurs. Ce deuxième métier lui apportait beaucoup de plaisir et de satisfaction et parfois aussi de jolies sommes.

63. Une femme difficile

Même s'il eût préféré un motif moins gênant, le directeur médical du centre se réjouit de cette occasion de se rapprocher un peu d'Élizabeth. Il a déjà eu l'occasion de constater qu'il se sent un autre homme en sa présence. Aussi s'est-il donné comme petit défi personnel de pénétrer un peu le mystère de cette femme en apparence inaccessible. Il pense savoir comment atteindre des femmes qu'on pourrait qualifier de difficiles.

64. La chose à sa plus simple expression

Claude comprend qu'une certaine discrétion se soit naturellement installée autour de sa pratique. D'une part, il ne publicise pas ses services, et d'autre part, à des degrés divers, ses clientes sont des femmes de carrière qui trouvent naturel de pouvoir s'offrir des soins intimes sans qu'on en fasse de cas. L'appartement de Claude, légèrement en retrait des quartiers achalandés de la ville, contribue à maintenir la chose à sa plus simple expression.

65. Une zone libre

Élizabeth ne fut pas surprise des propos de son supérieur. Elle était depuis longtemps consciente qu'en médecine, un manque d'affabilité équivaut ni plus ni moins à de la brusquerie. Aussi tâchait-elle de faire attention. Mais il lui importait de créer une distance, une espèce de zone libre entre elle et les personnes qui requéraient des soins.

66. De plus en plus libre

Claude répond de plus en plus librement aux questions de son interlocuteur. Oui, il a peut-être épousé, d'une certaine façon, la cause des femmes, tout comme il s'est rallié jadis à la souffrance des juifs et des Noirs. Non, sa propre identité sexuelle ne lui a jamais posé de problème. Oui, il a déjà senti qu'il y avait lieu de rattraper, de corriger quelque chose. Non, il ne fait plus semblant que les seins et le mont de Vénus n'existent pas, et oui, il lui arrive d'amener les femmes à la jouissance.

67. La ceinture d'insécurité

Élizabeth ne voulait pas que les clients s'accrochent à elle en tant que médecin, du moins pas dans un premier temps. La zone libre, l'espace vide qu'elle concevait, obligeait les clients à se tenir seuls, face à eux-mêmes et non face à elle. Elle jugeait cette ceinture d'insécurité essentielle au processus de guérison et trouvait utile d'installer cette solitude dès le départ. Cela pouvait aussi fournir des indices importants sur la capacité du client de répondre au traitement.

68. Notion de consentement

Claude conclut qu'il n'a jamais douté un instant de ses propres intentions et qu'il n'a jamais profité de la situation pour exploiter ses clientes. Il dit qu'il s'est appuyé sur son sens de l'éthique et sur le consentement implicite des femmes pour orienter ses traitements. Il se dit conscient du danger, de sa position précaire face à la loi. Parfois il a peur, mais il garde confiance.

69. Pertinence d'une dispersion

Élizabeth avait trouvé significatif que les Acadiens résistent à cette nécessaire prise de conscience d'eux-mêmes. Elle n'oubliait pas non plus le fait que le peuple acadien avait été dispersé. Le mot métastase, du terme grec *metastasis,* signifie justement changement de place. Elle se disait que cette dispersion devait bien avoir une pertinence du point de vue médical. Elle estimait aussi qu'on aurait grand avantage à exploiter le côté têtu des Acadiens à des fins médicales. Elle se demandait, en écoutant le directeur médical, s'il n'y aurait pas moyen de transformer cette obstination collective à ne pas mourir en un contrepoison efficace à un niveau personnel. Elle savait qu'il fallait aussi chercher dans le sens contraire de la logique, les remèdes efficaces agissant bien souvent de façon tout à fait paradoxale.

70. Effraction

Les vrais hommes, ceux qui sont chaussés de bottes de construction et qui marchent sur des poutres de métal roux sans perdre l'équilibre, ne passent pas leur temps à s'imaginer qu'on les observe. Ils travaillent sans relâche, se dirigeant le plus naturellement du monde vers le prochain point de jonction stratégique, où ils saisiront l'extrémité de la nouvelle poutre que leur a livrée la grue pour la fixer à jamais à la structure. Pour se distraire pendant leur pause, ils sifflent les femmes, surtout les toutes belles qui sortent de chez le coiffeur. Ils ont malgré tout beaucoup de respect pour les infirmières de l'hôpital. La maladie est pour eux une chose mystérieuse et concrète qui, souvent, fait souffrir quelqu'un de la famille.

Deuxième partie

71. La cohue de midi

Denise et Rodriguez sont assis à la terrasse d'un restaurant achalandé au cœur de la ville. Le soleil brille, la brise printanière est chaude. Ils ne parlent pas. L'air détendu, ils se laissent divertir par la cohue de midi. Un serveur leur apporte chacun un verre de vin, qu'ils siroteront tranquillement. Puis il revient avec deux pizzas. Rodriguez dit quelque chose qui fait rire Denise. Ils se mettent à manger.

72. Au fil de la route

Élizabeth est particulièrement gaillarde ce matin. Elle vient tout juste de prendre la route pour Montréal. Elle s'y est déjà rendue plusieurs fois depuis qu'elle vit à Moncton. Le trajet d'une douzaine d'heures dans chaque direction ne lui déplaît pas. Elle aime voir le temps se dérouler au fil de la route. Elle en profite aussi pour écouter sur cassette des conférences et des comptes rendus de recherche liés à son travail.

73. Rodriguez mange en pensant

Rodriguez mange en pensant qu'il aimerait faire un cadeau à Denise pour la remercier de son aimable compagnie. Il voudrait lui offrir quelque chose de significatif. Il essaie de deviner un peu le genre d'article qui conviendrait. Habituellement, il n'a pas de mal à choisir un cadeau pour une femme, mais cette fois c'est différent.

74. Élizabeth griffonne quelque chose dans un calepin

Toujours sur la route, Élizabeth éteint l'appareil à cassettes, prend un calepin et un stylo à côté d'elle sur le siège, griffonne trois ou quatre mots sans cesser de conduire puis dépose le calepin et le stylo. Elle ne remet pas l'appareil à cassettes en marche. Le soleil rayonne, son visage aussi. Elle pense à Denis. Elle croit saisir l'essence du film qu'il s'apprête à tourner.

75. Un quartier propice

Denise et Rodriguez regagnent leur véhicule dans l'animation du centre-ville. Rodriguez demande à Denise de le déposer dans un quartier où il pourrait magasiner pendant environ une heure. Denise acquiesce, s'informe discrètement du genre d'achats qu'il voudrait faire, afin de le déposer au meilleur endroit. Elle avoue ensuite qu'elle profitera de ce petit moment de répit pour faire une sieste, son deuxième verre de vin l'ayant un peu assoupie.

76. Le corps au sérieux

Les deux mains sur le volant, Élizabeth se rappelle qu'elle n'avait pas pris son amie au sérieux le jour où celle-ci lui avait proposé un rendez-vous chez le masseur. Médecin elle aussi, son amie avait gentiment essayé de la convaincre de tenter l'expérience, mais sans succès. Élizabeth se demande encore pourquoi elle avait si facilement repoussé la suggestion. Depuis ce temps, elle a non seulement pris goût au massage, mais elle y puise aussi des pistes intéressantes en ce qui a trait à la relation qui s'établit entre le corps et l'esprit, entre les corps et les esprits.

77. Rodriguez tourne en rond

Rodriguez a fait le tour de plusieurs boutiques mais il n'a encore rien trouvé qu'il aimerait offrir à Denise. Il avait d'ailleurs un peu pressenti cette difficulté. Il regarde sa montre. Il ne lui reste plus de temps. Il se résigne et tâche de se convaincre qu'il ne faut pas forcer les circonstances. Ne devrait-il pas offrir à Denise, plutôt qu'à Alida, l'édition illustrée de la Bible qu'il a achetée le matin même ?

78. Le cercle de l'amour

Élizabeth s'est toujours trouvée quelque part à l'extérieur du cercle de l'amour. Elle ne sait pas si cela est arrivé par choix, ou si cela est tout simplement arrivé. L'amour lui a filé entre les doigts, pour ainsi dire. Il ne contenait rien qu'elle eût pu, qu'elle eût voulu retenir. Fait divers ou fait d'époque, elle ne le sait pas. Elle croit qu'il est peut-être trop tôt pour dire.

79. Les derniers retranchements de la déchirure

Rodriguez retrouve le taxi, reprend sa place à l'arrière et explique à Denise qu'il a cherché un cadeau pour elle mais qu'il n'a hélas rien trouvé de très approprié. À défaut de pouvoir la surprendre, il propose de lui offrir quelque chose dont elle aurait réellement envie, quelque chose qui lui ferait plaisir. L'intention de Rodriguez réjouit Denise, qui a rarement affaire à autant de classe. Prise au dépourvu quant à ce cadeau qui lui ferait tant plaisir, elle montre le foulard au coloris subtil qui sort de la poche du pardessus de son client. Rodriguez prend le foulard et l'ouvre délicatement pour que Denise puisse bien le voir. Il sent le moment venu de se défaire de cet article qui avait appartenu à son père et qu'il portait à l'occasion, comme une sorte de talisman. Sentant le solennel de l'affaire, Denise s'apprête à changer d'idée, mais la main de Rodriguez se resserre sur la sienne, signe que la discussion est close. Le taxi se remet en route, Rodriguez sent comme une frayeur remuer dans son ventre. Il se cale dans son siège, comme dans les derniers retranchements de la déchirure.

80. Effraction

Assise face à son médecin, Alida lui annonce qu'elle a réfléchi et qu'elle refuse le traitement qu'il lui propose. Elle explique que cela ne marchera pas, qu'au lieu de la guérir, ce traitement la brisera, la rendra vulnérable à jamais. Elle dit que la maladie doit se résorber de l'intérieur. Elle dit qu'elle cherchera, qu'elle n'a pas peur de mourir.

Une si courte éternité

81. À vrai dire

Claude prépare la salle de massage en vue de son rendez-vous de l'après-midi. La petite pièce où il donne ses traitements n'est jamais en désordre, à vrai dire, mais il aime qu'elle ait l'air tout à fait propre. Il constate en travaillant que ses mouvements accusent une sorte de décalage sur sa pensée, un peu comme un film tournant au ralenti. Il aime cette sensation.

82. Plus loin que d'habitude dans le fond de la cour

Denis regarde brouter ses chiens dans le fond de la cour. Mais au bout d'un moment, il ne les voit plus vraiment, trop occupé qu'il est à faire et à refaire l'inventaire des séquences de son film. Il cherche le fil conducteur. Les chiens profitent de ce que Denis soit complètement absorbé dans ses pensées pour s'aventurer plus loin que d'habitude dans le fond de la cour.

83. L'effet pacifiant d'une guerre comme d'un orage au loin

Claude examine sa collection d'enregistrements sonores. Elle lui semble fatiguée, défraîchie. Il se rend compte qu'il traîne cette impression depuis un bout de temps déjà. Il sort de la pièce et revient avec une autre cassette. Il hésite quelque peu avant de la placer dans l'appareil. Il est conscient de rompre avec quelque chose car cet enregistrement avait été conçu spécifiquement pour la femme de Berlin. Il s'agit d'une douce musique d'ambiance, comme une musique de film, dans laquelle on entend, en sourdine, le grondement d'une guerre. Mais cette guerre au loin semble particulièrement harmonieuse. Elle arrive à l'oreille comme un orage qui s'en va, comme un espoir, comme la mémoire à l'horizon incertain de l'oubli.

84. Le grillage qui sépare la cour du marais et de l'autoroute

Denis repense à l'horaire de tournage qu'il s'est fixé. Il a bien hâte d'avoir ses images en main plutôt que dans la tête. Pendant ce temps, les chiens rôdent autour d'une ouverture décelée dans le grillage qui sépare la cour du marais et de l'autoroute.

85. La belle désintégration

Claude ne pensait pas nécessairement qu'il reverrait la femme de Berlin, même s'il avait fait faire cette bande sonore pour elle. En fait, Claude ne recherchait pas cette femme. La bande était beaucoup plus une manière de ne pas oublier, un objet symbolique, un espace mental où puiser quelque force. Claude avait parfois écouté l'enregistrement, seul, dans l'obscurité de son appartement. Cela lui avait fait vivre une belle désintégration.

86. Denis laisse un peu faire le danger

Denis voit les chiens rôder au fond de la cour. Il décèle à son tour l'ouverture par laquelle ils pourraient s'échapper. Il est tenté de les laisser faire, juste pour voir. Il sait qu'il pourrait arriver un malheur. Il sait qu'il y a l'autoroute. Mais quelque chose de plus fort fait qu'il ne les appelle pas. Il pressent une nouvelle image pour son film. Des chiens, comme des ombres ou des loups, pressés contre le grillage alors qu'il y a tant d'espace d'un côté comme de l'autre de la clôture. Et l'ouverture dans le grillage, comme une sorte de virtualité.

87. Claude et les corps qui traversent le temps

Claude attend Élizabeth. Il aime cette cliente. Il sait toujours où il en est avec elle. Son corps n'est pas encombré de débris ou de vestiges, il charrie seulement des fatigues plus ou moins superficielles. Selon sa perception des corps, celui d'Élizabeth est véritablement léger, comme s'il n'avait pas traversé le temps.

88. Denis laisse encore faire le danger

Denis laisse faire ses chiens pendant un moment encore. Il ne s'en approche pas. Il sait qu'il aura beaucoup de mal à les rattraper s'ils décident de fuir. Peut-être les perdra-t-il à jamais. Mais il se sent toujours incapable de les rappeler auprès de lui. Les chiens passent et repassent devant l'ouverture. Parfois ils lèvent la tête, hument le marais, écoutent l'autoroute, mais ils restent là. Quelque chose tient encore.

89. En dehors de l'entendement

Claude ne parla jamais à Élizabeth de la légèreté de son corps. Mais, par ce bel après-midi de juin, il se permit de franchir avec elle une étape qu'aucune autre cliente ne lui avait inspirée. Il ne savait pas d'avance, précisément, que quelque chose d'inusité allait se produire. C'est en cours de traitement qu'il s'était senti appelé de toutes parts, même par le risque, même par la transgression. Il ne savait pas d'avance, précisément, ce qui adviendrait, mais il savait que cela se passerait en dehors des mots, en dehors de l'entendement. Il se revoyait, enfant, en train de dire qu'il voulait souffrir et toujours les mots avaient trahi son désir.

90. Effraction

Le directeur médical demande doucement à sa secrétaire de voir à ce qu'on ne le dérange pas jusqu'à la fin de la journée. Il retourne dans son bureau, ferme la porte, s'assoit sur le divan, desserre le nœud de sa cravate et laisse tomber sa tête vers l'arrière. Il sait que des larmes vont venir. Des larmes de silence. Des larmes d'impuissance. Elles se détachent des parois intérieures de sa poitrine et montent vers le jour quand tout est enfin tranquille et qu'il n'y a plus rien à faire. Il connaît bien leur chemin. Souvent il n'y a qu'une seule larme dans chaque œil, parfois il y en a deux ou trois. Elles débordent délicatement et tracent un sentier brûlant le long des tempes, jusqu'aux oreilles.

Deuxième partie

91. Effet désiré

Denis n'est pas satisfait de ses premières prises de la barque glissant doucement sur la rivière. Il veut que toute cette séquence soit filmée en plan unique et ses premières tentatives n'ont pas donné l'effet désiré. Il a demandé à un ami de l'aider à trouver un mécanisme qui permettrait de laisser glisser la barque le plus longtemps possible. Les deux compagnons explorent donc joyeusement les berges à la recherche d'un emplacement propice.

92. Autre effet désiré

Élizabeth s'est endormie dans la petite pièce de l'appartement de Claude. Elle ouvre les yeux mais ses paupières, lourdes, se referment aussitôt. Elle a juste le temps de constater qu'il commence à faire sombre. Elle s'étonne d'avoir dormi. C'est bien la première fois qu'elle goûte au sommeil de l'amour. Elle se dit qu'elle devrait se lever, s'en aller. Elle bouge un peu. Mais au lieu de lui donner prise sur le réel, la sensation de son corps qui bouge lui monte soudainement à la tête, lui procurant un bienfait qu'elle ne veut pas rompre. Et elle se rendort.

93. Rodriguez retrouve Alida

Denis visionne de nouveau la scène de Rodriguez retrouvant Alida dans la chambre d'hôtel de Rome. L'éclairage est particulièrement réussi. On se croirait vraiment au cœur de la nuit. Rodriguez joue très naturellement. Il fait signe au portier de ne pas entrer tout de suite dans la chambre, laisse tomber son pardessus sur la chaise de l'entrée et se dirige vers le lit où dort Alida. Il se penche un peu au-dessus d'elle et la regarde longuement avant de poser un baiser sur sa joue. Elle ne se réveille pas. Il voit les albums ouverts au pied du lit.

94. Penser en attendant

Claude est assis par terre dans un coin de son appartement. Il écoute les bruits de la rue et regarde tomber la nuit. Il songe à Élizabeth qui est toujours à côté dans la petite pièce. Il ne sait pas comment la retrouver. Il pense qu'il devra cesser de pratiquer ce métier. Il pourrait s'en aller, changer de ville, changer de pays, changer de vie. Il attend que quelque chose se décide.

95. Grand et mystérieux voyage

Denis ne se lasse pas de visionner la scène de Rodriguez retrouvant Alida endormie dans la chambre d'hôtel. Le rythme, l'éclairage, les angles, tout est parfait. Il sent les éléments d'un grand et mystérieux voyage. La nuit avance. Il s'arrête là-dessus, perplexe. Il s'assoit par terre, appelle ses chiens, se met à leur caresser la poitrine. L'un ramollit et s'étend docilement de tout son long sur le dos. Les caresses lui plaisent et il veut qu'elles continuent. L'autre ne bouge pas de sa position de garde-à-vous, le regard intense, la poitrine fière et droite.

96. Rare

Élizabeth ouvre à nouveau les yeux. La nuit est tombée, mais elle se sent l'esprit éveillé comme s'il faisait plein jour. Elle veut se lever, s'habiller, s'en aller. Elle attend que ses yeux s'ajustent à l'obscurité. Elle essaye de ne pas faire de bruit. En ouvrant la porte pour sortir, elle aperçoit un peu de lumière dans une pièce voisine. Elle s'attend à une présence. C'est un moment rare. Elle se dit que ce doit être ça la vraie vie.

97. Comme si de rien n'était

Denis a endormi ses deux chiens à force de caresses et il tombe de sommeil à son tour. Il allonge le bras, éteint la lampe et s'étend par terre entre les deux bêtes. Les images recommencent alors à défiler. Il rêve à une grande fête nocturne qui se déroule au loin, autour d'un immeuble plat au milieu d'un champ. De grandes ombres animées sont projetées ici et là sur les murs du bâtiment. Ce sont les ombres des gens qui participent à la fête. Denis est témoin de cette scène alors qu'il se promène seul avec ses chiens dans ce grand champ. Il s'arrête un moment pour regarder la fête. Des voix lui parviennent. Il songe à se joindre à la mêlée mais la nuit lui paraît plus envoûtante encore. Il continue sa route, comme si de rien n'était.

98. Les mots de Claude

Claude entend bouger. Il ne dort pas. Il est prêt à parler si cela est nécessaire, mais contrairement à l'entrevue qu'il a accordée il y a quelques jours, il ne sait pas ce qu'il dira. Il en est même un peu curieux. Il lui faudra s'écouter, s'entendre. Il découvrira peut-être un sens. Mais il ne s'y attend pas. Il n'a jamais beaucoup compté sur le sens. Il a appris à vivre sans.

99. Le principe de l'identité

Denis avait été gêné de demander à Élizabeth de se laisser lécher les mains par ses deux chiens, d'autant plus que la scène devait être longue. Denis mise sur sa compréhension innée de la durée. Il croit savoir comment lui faire livrer une signification. Aussi, pour s'assurer suffisamment de métrage, il avait demandé à Élizabeth d'enduire ses mains de bouillon de poulet. Il savait que les chiens n'arrêteraient pas de lécher avant que chaque pore ait été maintes fois lavé. Élizabeth avait accepté de prêter ses mains à la caméra à condition que cela reste entre eux. Elle ne voulait surtout pas qu'on puisse l'identifier à l'écran.

100. Effraction

L'ami qui a aidé Denis à faire avancer la barque sur la rivière bordée de saules éprouve un mélange de fierté et de timidité en lisant son nom au générique du film. Il est fier de ses connaissances des mécanismes et des structures. Mais jamais il n'a imaginé qu'elles serviraient un jour à une construction aussi fragile de sens. Contrairement aux autres spectateurs, il ne se lève pas à la fin de la projection. Il laisse bouger autour de lui, comme paralysé, soudainement, par le chevauchement du jeu et de la vie.

Choix de jugements

Au sein de la littérature acadienne, l'œuvre de France Daigle représente rien de moins qu'une petite révolution et un cas résolument à part. Non seulement rompt-elle avec le roman traditionnel par le refus de l'intrigue, des personnages et de toutes ces « notions périmées » rejetées depuis longtemps par le Nouveau roman, mais elle pousse l'audace jusqu'à la pratique d'une écriture hantée par le silence, marquée par la résistance au langage et par l'exercice d'une parole contrainte. Cette hantise du silence se manifeste par l'utilisation abondante du blanc, de la phrase elliptique et par l'omniprésence du non-dit.

Raoul Boudreau, « Le silence et la parole chez France Daigle ».

Variations en B et K

Le titre suggère peut-être une expérimentation formelle, abstraite et froide du langage. En fait, il n'en est rien. L'humour et la simplicité flanquent l'intelligence et la rendent parfaitement attrayante !

[…] Les effets de sens sont ici obtenus de la réunion de dispositifs textuels hétérogènes. […] Les rapports entre les deux formations textuelles sont souvent lointains, voire inexistants ; de là résulte un efficace climat de parodie. La gratuité du jeu est cependant réduite par la troublante abondance des noms propres, et même communs, dont l'initiale est soit B (Bouctouche, Bédouins…), soit K (Kurdes, Kouchibougouac…), et qui se rapportent sans arbitraire apparent aux deux isotopies référentielles que sont l'ici et l'ailleurs.

Le but de l'opération, qui est beaucoup plus qu'un exercice de style, est peut-être de montrer ce qu'il y a de familier, de bon (B) au cœur de l'ailleurs (K) et inversement, d'ouvrir au monde la maison (la lettre B dans l'alphabet phénicien « représentait la maison, c'est-à-dire, pour les modernes, la personnalité »).

André Brochu, « Lascaux, les limbes et autres lieux ».

La beauté de l'affaire

Ainsi, [dans *La beauté de l'affaire*] l'œuvre de la parole, l'incarnation, la construction s'arrangent-elles en une signification complexe : bâtir apparaît comme une nécessité artistique et humaine, mais s'il n'est pas de construction sans clôture, toute œuvre éveille la nostalgie irrémédiable d'un « espace total » où la narratrice rêve […] d'être enfin « rendue », c'est-à-dire arrivée à destination, mais aussi restituée à elle-même, maîtresse de soi comme de son patrimoine. La chose est impossible. Habiter passe donc aux yeux de l'écrivain pour une incarnation privatrice. De là cette réticence à remplir la page […].

Alain Masson, « Écrire, habiter ».

[...] la difficulté d'habiter l'espace, vécue par tous les personnages, nous amène à un questionnement sur la place de l'écrivain dans une société liminaire, sur sa difficulté également à s'exprimer à l'aide du langage. [...] Qu'il s'agisse de la trame narrative de l'église, de celle du terrain vague ou encore de l'intrigue de l'homme construisant une clôture sur l'île, tous ces micro-récits mettent en scène, par analogie, la création littéraire. Les liens qui se tissent entre les trames passent nécessairement par les problèmes de langage du narrateur, qui précèdent d'une certaine façon la fiction.

Benoit Doyon-Gosselin, « *La beauté de l'affaire* », *DOLAM.*

Aux images de l'errance initiatique se substituent, chez Daigle, la liberté « immobile » de la danse, le déroulement imprévisible, mais continu de la bobine du film. Ce qui tourne sur soi (le danseur, la toupie, la bobine), non pas ce qui erre, est seul apte à produire le changement, un nouveau regard sur l'espace.

François Paré, « La chatte et la toupie : écriture féminine et communauté en Acadie ».

La vraie vie

C'est un admirable pari que vient de réussir France Daigle : écrire un livre à propos d'une chose aussi fugace [la vraie vie] et l'inclure dans une structure qui lui permet de se manifester lisiblement.

Patrick Nicol, « *La vraie vie* ».

Face aux grands arbres qui bordent les rues de la ville, [Élisabeth] peut réfléchir aux obstructions rencontrées par leurs racines et aux contournements vitaux rendus nécessaires pour ces arbres: le contournement comme symbolique de l'entêtement des Acadiens. De même, elle voit dans la maladie du cancer avec ses effets de métastase, de changement de place, une métaphore de l'histoire des Acadiens et de la dispersion de ce peuple ayant survécu grâce à une obstination collective à ne pas mourir. L'histoire de l'Acadie et des Acadiens est mise en relation ici avec le monde et ses questionnements, avec les êtres humains et leur désir de connaître la vie, la vraie vie.

Avec ce roman, France Daigle brise les catégories de la littérature identitaire et ouvre une nouvelle voie vers une littérature acadienne axée sur une problématique universelle, du côté tant humain qu'artistique.

Danielle Dumontet, «*La vraie vie*», *DOLAM.*

La force de l'œuvre de France Daigle est dans cette tension entre l'universel humain et la signature de la vie et de la mort sur chaque visage. À ce signe de reconnaissance se mesurent les masques et les révélations.

René Plantier, «L'aléatoire dans l'excès des signes de la rigueur: *La vraie vie* de France Daigle».

Biographie

1953	Naissance à Moncton, le 18 novembre. Elle raconte dans *1953. Chronique d'une naissance annoncée* les problèmes de santé qui l'accompagnèrent, bébé. Son père, Euclide Daigle, est journaliste à *L'Évangéline.*
1969	Participation au documentaire *Éloge du chiac* de Michel Brault.
1971	Obtention d'un diplôme d'études secondaires à Dieppe et Moncton.
1973	Travaille à titre de journaliste au quotidien *L'Évangéline.*
1976	Complète un baccalauréat en littérature à l'Université de Moncton.
1978-1980	Travaille en tant que traductrice à la Société des traversiers Marine Atlantique.
1981	Débute son projet littéraire ; elle publie notamment des poèmes dans la revue *Éloizes* (numéro 3).
1983	Publication de sa première fiction, *Sans jamais parler du vent*, aux Éditions d'Acadie (Moncton).
1984	Publication de son deuxième livre, *Film d'amour et de dépendance*, aux Éditions d'Acadie.
1985	Publication de son troisième livre, *Histoire de la maison qui brûle*, aux Éditions d'Acadie. La même année, elle publie, à Montréal, aux Éditions de la Nouvelle Barre du jour, *Variations en B et K.*

1986 En collaboration avec Hélène Harbec, publication, à Montréal, aux Éditions du remue-ménage, de *L'été avant la mort.*

1987 Signe la narration du film expérimental *Tending Towards the Horizontal*, de la cinéaste torontoise Barbara Sternberg.

1987-2010 Occupe divers emplois à Radio-Canada Acadie, principalement à la salle des nouvelles.

1991 Publication de *La beauté de l'affaire*, à Montréal aux Éditions de la Nouvelle Barre du jour et à Moncton aux Éditions d'Acadie. Elle reçoit le prix Pascal-Poirier (du Lieutenant-gouverneur du Nouveau-Brunswick) pour l'ensemble de son œuvre.

1993 Publication de *La vraie vie*, à Montréal aux Éditions de l'Hexagone et à Moncton aux Éditions d'Acadie. Certains traits importants de l'écriture de Daigle s'y affirment.

1995 Publication de *1953. Chronique d'une naissance annoncée* aux Éditions d'Acadie. • Parution de *La vraie vie* en version anglaise, dans une traduction de Sally Ross, sous le titre *Real Life* (Toronto, House of Anansi).

1997 Elle est accueillie pour une résidence d'écrivain à l'Université de Moncton. • Sa pièce de théâtre *Moncton-sable*, mise en scène par Louise Lemieux, est produite par le collectif Moncton-sable. • Parution de *1953. Chronique d'une naissance annoncée* en version anglaise, dans une traduction de Robert Majzels, sous le titre *1953: Chronicle of a Birth Foretold* (Toronto, House of Anansi).

1998 Publication de *Pas pire* aux Éditions d'Acadie. Le livre remporte le prix Éloize, le prix France-Acadie et le prix Antonine-Maillet-Acadie Vie. Il est réédité en 2002, à Montréal, aux Éditions du Boréal.

1999 Sont produites, respectivement par le département de théâtre de l'Université de Moncton et le collectif Moncton-sable, ses pièces de théâtre *Le musée du Nouvel-âge*, mise en scène par Alain Doom et *Craie*, mise en scène par Louise Lemieux. • Parution de *Pas pire* en version anglaise, dans une traduction de Robert Majzels, sous le titre *Just Fine* (Toronto, House of Anansi).

2000 Est produite par le collectif Moncton-sable sa pièce *Foin*, mise en scène par Louise Lemieux.

2001 Est produite par le collectif Moncton-sable sa pièce *Bric-à-brac*, mise en scène par Louise Lemieux. • Elle publie, aux Éditions du Boréal, à Montréal, *Un fin passage*. L'ouvrage sera en lice pour le ReLit Award 2003.

2002 Elle publie, aux Éditions du Boréal, *Petites difficultés d'existence*, qui remporte le prix Éloize et est en lice au prix littéraire des Collégiens du Québec. • Parution de *Un fin passage* en version anglaise, dans une traduction de Robert Majzels, sous le titre *A Fine Passage* (Toronto, House of Anansi).

2003 Présentation, sous forme d'atelier de voix, de *En pelletant de la neige*. Il s'agit d'une production du collectif Moncton-sable dirigée par Louise Lemieux.

2004 Production, sous forme théâtrale, de *Sans jamais parler du vent* par le collectif Moncton-sable. La mise en scène est assurée par Louise Lemieux. • Parution de *Petites difficultés d'existence* en version anglaise, dans une traduction de Robert Majzels, sous le titre *Life's Little Difficulties* (Toronto, House of Anansi).

2006 Elle est accueillie à l'Université d'Ottawa à titre d'écrivaine en résidence.

2007 Production, sous forme théâtrale, d'*Histoire de la maison qui brûle*, par le collectif Moncton-sable. La mise en scène est assurée par Louise Lemieux et la représentation a lieu à l'Hôtel de ville de Moncton.

2009 Participation à *Éloge du chiac Part 2*, un film réalisé par

Marie Cadieux pour le compte de l'Office national du film.

2011 Remporte le prix du Lieutenant-gouverneur du Nouveau-Brunswick pour l'ensemble de son œuvre. • Publication de *Pour sûr*, aux Éditions du Boréal. Ce roman lui vaut le prix Antonine-Maillet-Acadie Vie, le prix Champlain, le prix Éloizes et le prix du Gouverneur général du Canada. Avec ce livre, elle est également finaliste au Grand prix du livre de Montréal et au Prix des lecteurs Radio-Canada.

2012 Publication, à l'Institut d'études acadiennes de l'Université de Moncton, d'une édition critique de *Sans jamais parler du vent*, établie par Monika Boehringer.

2013 Les récits *Sans jamais parler du vent, Film d'amour et de dépendance* et *Histoire de la maison qui brûle* sont réédités, en un seul volume, dans la collection BCF (Sudbury, Éditions Prise de parole). • Parution de *Pour sûr* en version anglaise, dans une traduction de Robert Majzels, sous le titre *For Sure* (Toronto, House of Anansi).

2014 Première du film *Effractions*, de Jean Marc Larivière, inspiré du roman *La vraie vie*, au Festival international du cinéma francophone en Acadie (FICFA) (novembre). • Publication en novembre d'une réédition de *1953. Chronique d'une naissance annoncée* dans la collection BCF (Éditions Prise de parole). • Avec trois artistes (René Cormier, Renée Blanchar et Alain Roy), participe à un documentaire *Les héritiers du club* (Renée Blanchar, ONF, 2014, 88 min), qui porte notamment sur leur projet bien réel de faire revivre, en renouvelant sa vocation, l'ancien club des jeunes à Sainte-Anne-du-Bocage au Nouveau-Brunswick, édifice dont France Daigle est propriétaire.

2015 En mai, l'Université Mount Allison lui décerne un doctorat honorifique.

Bibliographie

Sur l'œuvre de Daigle

Boehringer, Monika, « Au seuil du texte daiglien, la couverture : simple illustration ou porteuse de sens ? », dans Monika Boehringer, Kirsty Bell et Hans R. Runte (dir.), *Entre textes et images. Constructions identitaires en Acadie et au Québec*, coll. Pascal-Poirier, Moncton, Institut d'études acadiennes, 2010, p. 221-235.

Boudreau, Raoul, « Le silence et la parole chez France Daigle », dans Raoul Boudreau, Anne Marie Robichaud, Zénon Chiasson et Pierre M. Gérin (dir.), *Mélanges Marguerite Maillet*, Moncton, Éditions d'Acadie, 1996, p. 71-81.

Boudreau, Raoul, « Une réécriture ambiguë en littérature acadienne : Marguerite Duras et France Daigle », dans Lise Gauvin, Cécile Van den Avenne, Véronique Corinus et Ching Selao (dir.), *Littératures francophones : Parodies, pastiches, réécritures*, Lyon, ENS Éditions, 2013, p. 91-104.

Boudreau, Raoul et Anne Marie Robichaud, « Symétries et réflexivité dans la trilogie de France Daigle », *Dalhousie French Studies*, vol. 15, printemps-hiver 1988, p. 143-153.

Bruyère, Vincent, « Études littéraires et écologie du minoritaire », *Francophonies d'Amérique*, n° 36, automne 2013, p. 97-111.

Cormier, Pénélope, « Écritures de la contrainte en littérature acadienne. France Daigle et Herménégilde Chiasson», thèse de doctorat en littérature, Université McGill, 2014.

Den Toonder, Jeanette, «Voyage et passage chez France Daigle», *Dalhousie French Studies*, n° 62, printemps 2003, p. 13-24.

Doyon-Gosselin, Benoit, «Bibliographie de France Daigle», *Voix et Images*, vol. 29, n° 3, 2004, p. 101-107.

Doyon-Gosselin, Benoit, *Pour une herméneutique de l'espace: l'œuvre romanesque de J.R. Léveillé et France Daigle*, coll. Terre américaine, Québec, Éditions Nota bene, 2012, 383 p.

Doyon-Gosselin, Benoit, «Le tournant spatio-référentiel dans l'œuvre romanesque de France Daigle», dans Johanne Melançon (dir.), *Écrire au féminin au Canada français*, Sudbury, Éditions Prise de parole, 2013, p. 65-83.

Dumontet, Danielle, «France Daigle entre autofiction et fiction autobiographique», *Neue Romania*, n° 29, 2004, p. 107-125.

Francis, Cécilia W., «L'autofiction de France Daigle. Identité, perception visuelle et réinvention de soi», *Voix et Images*, n° 84, printemps 2003, p. 114-138.

Gauvin, Lise, «Le lecteur et ses doubles: Dany Laferrière, France Daigle», dans *Écrire pour qui? L'écrivain francophone et ses publics*, Paris, Karthala, 2007, p. 127-144.

Lonergan, David, «France Daigle», *Nuit Blanche*, n° 122, 2011, p. 10-13.

Morency, Jean (dir.), «France Daigle», *Voix et Images*, n° 87, printemps 2004, p. 9-107.

Paleshi, Stathoula, «La constance des doubles chez France Daigle: finir par toujours revenir», mémoire de maîtrise, Waterloo, Université de Waterloo, 2001, 116 p.

Paleshi, Stathoula, «Finir toujours par revenir: la résistance et l'acquiescement chez France Daigle», *Francophonies d'Amérique*, n° 13, été 2002, p. 31-45.

Paré, François, «La chatte et la toupie: écriture féminine et communauté en Acadie», *Francophonies d'Amérique*, n° 7, 1997, p. 115-126.

Plantier, René, *Le corps du déduit: neuf études sur la poésie acadienne (1980-1990)*, Moncton, Éditions d'Acadie, 1996, 167 p.

Potvin, Claudine, « L'épaisseur de l'art : art et écriture chez France Daigle », dans Monika Boehringer, Kirsty Bell et Hans R. Runte (dir.), *Entre textes et images. Constructions identitaires en Acadie et au Québec*, coll. Pascal-Poirier, Moncton, Institut d'études acadiennes de l'Université de Moncton, 2010, p. 207-220.

Ricouart, Janine, « France Daigle's Postmodern Acadian Voice in the Context of Franco-Canadian Lesbian Voices », dans Paula Ruth Gilbert et Roseanna L. Dufault (dir.), *Doing Gender. Franco-Canadian Women Writers of the 1990s*, Cranbury, Associated University Presses, 2001, p. 248-266.

Roy, Véronique, « La figure d'écrivain dans l'œuvre de France Daigle, aux confins du mythe et de l'écriture », dans Robert Viau (dir.), *La création littéraire dans le contexte de l'exiguïté*, coll. Écrits de la francité, Beauport, Publications MNH, 2000, p. 27-50.

Entretiens et entrevues

Allard, Claire, « La vraie vie de France Daigle : l'écriture », *Atlantic Books Today*, n° 6, été 1994, p. 3.

Arseneau, Marc, « France Daigle », *Vallium*, n° 6, 1995, p. 38-42.

Bruce, Clint, « France Daigle et l'écriture au juste milieu », *Le Front*, 26 mars 2003, p. 16.

Boehringer, Monika, « Le hasard fait bien les choses. Entretien avec France Daigle », *Voix et Images*, n° 87, printemps 2004, p. 13-23.

Cabajski, Andrea, « "Le sentiment vif de créer" : entretien avec France Daigle / "The Vivid Feeling of Creating": An Interview with France Daigle », *Studies in Canadian Literature*, vol. 39, n° 2, printemps 2014, p. 248-269.

Campion, Blandine, « Éloge du plaisir et de la lenteur. France Daigle et l'espace cérébral », *Le Devoir*, 15 août 1998, p. D1-D2.

Désautels, Sophie, « France Daigle. La Lelouch du roman », *Ven'd'est*, hiver 1993-1994, p. 54-55.

El Yamani, Myriame, « L'Acadie se comprend à mi-mots », *Le Devoir*, 10 octobre 1991, p. B6.

El Yamani, Myriame, « Elles réinventent l'Acadie », *Châtelaine*, août 1992, p. 78.

Giroux, François, « Portrait d'auteure @ France Daigle », *Francophonies d'Amérique*, nº 17, 2004, p. 79-86

Lajoie, Claudette, « Personnage remarqué », *Femmes d'action*, vol. 21, nº 2, 1991, p. 33-34.

Leblanc, Doris et Anne Brown, « France Daigle : chantre de la modernité acadienne », *Studies in Canadian Literature / Études en littérature canadienne*, vol. 28, nº 1, 2003, p. 147-161.

Leblanc, Gérald, « France Daigle, le trésor bien caché », *Le Journal*, 26 avril 1997, p. 18.

Martel, Réginald, « Folklore ou pas folklore », *La Presse*, 7 mai 1995, p. B1 et B4.

Royer, Jean, « Les chemins de l'Acadie mythique à l'Acadie réelle », *Le Devoir*, 15 décembre 1984, p. 30.

Saint-Hilaire, Mélanie, « J'suis manière de proud de toi », *L'actualité*, vol. 27, nº 3, 2002, p. 66-68.

Sur la trilogie

Allard, Jacques, « La vie qu'on raconte », *Le Devoir*, 18 septembre 1993, p. D5.

Boudreau, Raoul, « La traversée du désir », *Ven'd'est*, nº 58, hiver 1993-1994, p. 55.

Boudreau, Denis, « La vérité vraie du quotidien », *Le Front*, 2 février 1994, p. 14.

Brochu, André, « Lascaux, les limbes et autres lieux », *Voix et Images*, nº 34, automne 1986, p. 131-140.

Cook, Margaret, « *La beauté de l'affaire* de France Daigle », *Francophonies d'Amérique*, nº 2, 1992, p. 63-64.

Cran, E. Elisabeth, « *La vraie vie* : un roman absolument pas comme les autres », *La Voix acadienne*, 6 octobre 1993, p. 6.

De Gonzague, Louise, « Daigle (France), *Variations en B et K. Plans, devis et contrat pour l'infrastructure d'un pont* », *Nos livres*, vol. 17, nº 6497, mars 1986.

Doyon-Gosselin, Benoit, « *La beauté de l'affaire* », dans Janine

Gallant et Maurice Raymond (dir.), *Dictionnaire des œuvres littéraires de l'Acadie des maritimes (DOLAM)*, Sudbury, Éditions Prise de parole, 2012, p. 23-24.

Doyon-Gosselin, Benoit, « *Variations en B & K* », dans Janine Gallant et Maurice Raymond (dir.), *Dictionnaire des œuvres littéraires de l'Acadie des maritimes (DOLAM)*, Sudbury, Éditions Prise de parole, 2012, p. 275-276.

Dumontet, Danielle, « *La vraie vie* », dans Janine Gallant et Maurice Raymond (dir.), *Dictionnaire des œuvres littéraires de l'Acadie des maritimes (DOLAM)*, Sudbury, Éditions Prise de parole, 2012, p. 287-290.

Jacquot, Martine, « *Jeux de mains*, *Mes simples* et *La beauté de l'affaire* », *Ven'd'est*, n° 46, novembre-décembre 1991, p. 38.

Larivière, Jean Marc, *Effractions*, Ottawa, Les communications Osmose, 108 min., 2014.

Martel, Réginald, « Une œuvre d'art, aussi riche que gratuite », *La Presse*, 12 septembre 1993, p. B5.

Martin, Frédérick, « L'envers du décor et le décor du réel », *Lettres québécoises*, n° 72, hiver 1993, p. 17-18.

Masson, Alain, « Écrire, habiter », *Tangence*, n° 58, 1998, p. 35-46.

Nicol, Patrick, « *La vraie vie* », *Mœbius*, n° 61, 1994, p. 120-121.

Plantier, René, « *La beauté de l'affaire* : l'humour à plusieurs fils », *Revue de l'Université de Moncton*, vol. 27, n° 1, 1994, p. 161-176.

Plantier, René, « L'aléatoire dans l'excès des signes de la rigueur : *La vraie vie* de France Daigle », dans Raoul Boudreau, Anne Marie Robichaud, Zénon Chiasson et Pierre M. Gérin (dir.), *Mélanges Marguerite Maillet*, Moncton, Éditions d'Acadie, 1996, p. 313-324.

Robichaud, Anne Marie, « *La beauté de l'affaire* de France Daigle », *Éloizes*, n° 17, automne 1991, p. 81-84.

Sergent, Julie, « *La vraie vie* », *Voir*, vol. 7, n° 44, 30 septembre 1993, p. 32.

Table des matières

Préface 5
Variations en B et K 17
Tending Towards the Horizontal 61
La beauté de l'affaire 79
La vraie vie 129
Choix de jugements 201
Biographie 205
Bibliographie 209

www.ingramcontent.com/pod-product-compliance
Ingram Content Group UK Ltd.
Pitfield, Milton Keynes, MK11 3LW, UK
UKHW021933190726
13853UKWH00004B/1415

9 782894 232972